Herr Röslein

Silke Lambeck

Herr Röslein

Mit Bildern von Karsten Teich

🌾 GERSTENBERG

Für Nick und Ben

Moritz lernt
Herrn Röslein kennen

Es war ein grauer Regenmorgen und Moritz hatte schlechte Laune. Mama hatte auch schlechte Laune. Papa muffelte hinter seiner Zeitung vor sich hin und Baby Tim schrie.

»Moritz, zieh deine Gummistiefel an«, rief Mama. Moritz saß im Kinderzimmer und tat, als könne er sie nicht hören. Mama hatte diese Meckerziegenstimme, die er nicht mochte. Und jetzt wurde sie noch lauter.

»Moritz, jetzt zieh endlich deine Stiefel an, sonst kommst du zu spät zur Schule!«

Moritz steckte die Nase noch tiefer in sein Indianerbuch. Er hatte sich in seine Kuschelhöhle unter die kleine Lampe gesetzt, weit weg von dem großen Fenster, an dem der Regen in Sturzbächen hinunterlief. Er wollte die doofen Gummistiefel nicht anziehen. Und wenn er es sich recht überlegte, wollte er auch nicht

zur Schule gehen. Natürlich wusste er, dass er am Ende doch zur Schule gehen musste. Aber vielleicht wenigstens in Turnschuhen.

Moritz hörte Schritte im Flur und Mama kam ins Kinderzimmer gestürmt. Sie war wütend.

»Komm endlich«, rief sie ungeduldig. »Wir kommen sonst zu spät.«

»Mir doch egal«, murmelte Moritz leise vor sich hin, aber das hätte er nicht tun sollen. Mama hatte vorher schon schlechte Laune, aber jetzt wurde sie richtig wild. Sie nahm ihn fest am Arm und sagte mit sehr leiser Stimme: »Wenn du nicht sofort kommst, erlebst du einen Riesenärger.«

Moritz warf ihr einen finsteren Blick zu und stand langsam auf. Mama stampfte mit lauten Schritten durch die Wohnung und suchte ihre Aktentasche, während Moritz sich die Turnschuhe anzog. Und tatsächlich: Als Mama endlich ihre Aktentasche gefunden hatte, war sie so froh, Moritz mit Anorak und Schulranzen zu sehen, dass sie nichts mehr zu den Turnschuhen sagte.

Weil es so regnete, brachte Mama ihn mit dem Auto zur Schule. Auf dem Weg schwiegen beide und starrten auf die nasse Straße. Als sie angekommen waren, gab sie ihm einen Kuss. »Frieden?«, fragte sie.

»Frieden«, sagte Moritz, küsste zurück und ging dann mit hängenden Schultern die Schultreppe hinauf. Seit sie umgezogen waren, hatte Mama einen neuen Chef. Moritz fand, dass dieser Chef Mama die Laune verdarb. Manchmal standen ihre Wuschelhaare schon morgens so wild vom Kopf ab, als sei jedes einzelne Haar wütend. Das war das eine. Seit sie umgezogen waren, ging Moritz auch in eine andere Schule. Und in seiner neuen Klasse waren nicht nur Ole und Lili, die er nett fand. Sondern es gab auch Stefan Rabentraut, den Moritz bei sich immer nur das Rabenaas nannte und der jetzt schräg hinter ihm saß und tuschelte.

Stefan war viel größer als er und viel dicker. Bei einer Prügelei hätte Moritz keine Chance gegen ihn gehabt. Da Stefan aber auch sehr gemein war, lag die Prügelei sozusagen in der Luft. Von Anfang an hatten Stefan Rabentraut und sein Freund Martin Hohwieler ihn bei jeder Gelegenheit geärgert. Es war, als hätten sie nur auf ihn gewartet. Mama und Papa wunderten sich schon, warum er so ungern zur Schule ging.

Als die Schule nach fünf Stunden vorbei war, ging es Moritz wieder besser. Er war schneller gerannt als Ole, Lili hatte ihm einen blauen Kaugummi geschenkt und Frau Meier hatte ihn dafür gelobt, dass er nur einen Fehler im Diktat gehabt hatte. Vor der Schule suchte er nach Papa und Tim. Sie wollten ihn abholen. Aber sie waren nicht da. Moritz blieb stehen und wartete.

Plötzlich hörte er hinter sich eine laute Stimme. Es war Stefan Rabentraut. »Na, Moritz-Baby«, grölte er und haute ihm auf die Schulter. »Wirst du wieder von Papi und dem Baby-Brüderchen abgeholt?«

Moritz schwieg. Jede Antwort würde Stefan nur herausfordern. Nach einem weiteren Hieb auf die Schulter zog der grinsend ab. Moritz starrte ihm wütend hinterher und ballte die Faust in der Tasche.

Schließlich fing es an zu nieseln und Moritz beschloss, alleine nach Hause zu gehen. Langsam lief er die Ohlinger Straße und dann den Lindenring entlang. An der nächsten Ecke war schon das Haus, in dem er wohnte. Er schaute zu den Fenstern ihrer Wohnung hinauf, doch sie waren dunkel. Er drückte auf die

Klingel. Keiner öffnete. Er klingelte noch einmal. Wieder keine Antwort. Wo war Papa? Und wo war Tim? Moritz wurde es mulmig. Müsste er jetzt den ganzen Nachmittag hier draußen stehen bleiben? Ganz allein?

Plötzlich öffnete sich die Haustür. Heraus trat ein Mann in einem schwarzen Anzug, den Moritz noch nie gesehen hatte. Er trug eine runde Brille und seine langen grauen Haare waren im Nacken zu einem Pferdeschwanz gebunden. In der Hand hielt er einen schwarzen Regenschirm. Der Mann lächelte Moritz freundlich an. Moritz lächelte etwas schief zurück.

»Nanu«, sagte der Mann, »warum siehst du so traurig aus?«

Moritz antwortete nicht gleich. Mama und Papa hatten ihm verboten, mit Fremden zu sprechen. Und der Mann war fremd. Andererseits hatte er wirklich sehr freundlich gefragt.

»Es ist keiner zu Hause«, sagte Moritz und merkte, wie ihm elend zumute wurde.

»Hm«, sagte der Mann.

»Und es regnet«, fuhr Moritz mit etwas zittriger Stimme fort. »Und ich weiß nicht, was ich jetzt machen soll.«

»Hm«, sagte der Mann wieder. »Vielleicht könntest du ja mit zu mir kommen und einen Kakao trinken, bis jemand kommt«, schlug er dann vor. »Gestatten: Röslein. Ich wohne direkt unter euch.«

Moritz hatte Herrn Röslein noch nie gesehen. Und er durfte nicht mit in fremde Wohnungen gehen. Es war ihm aber etwas peinlich, das zu sagen. Also schwieg er.

»Ach, weißt du was«, sagte Herr Röslein nach einer Weile, »wir machen ein Picknick im Treppenhaus.«

»Wieso?«, fragte Moritz.

»Na, da merken wir gleich, wenn Mama oder Papa kommen«, entgegnete Herr Röslein. Moritz fand das eine gute Idee.

Sie stiegen in den ersten Stock und Herr Röslein schloss die Tür zu seiner Wohnung auf. »Ich bin gleich zurück«, sagte er.

Im Hausflur war es warm und trocken. Moritz stellte den Schulranzen vor sich auf den Boden und zog seinen nassen Anorak aus. Dann setzte er sich auf die Treppe. Von hier aus konnte er in Herrn Rösleins Flur schauen. Er sah ein schwarzes Klavier, einen roten Samtsessel und ein großes Bild mit einem bunten Segelschiff.

Gemütlich, dachte Moritz und beugte sich vor, um noch etwas besser gucken zu können. Aber da war Herr Röslein schon zurück. Er hatte ein Tablett in den Händen. Darauf standen zwei Kakaotassen und ein großer Teller mit Streuselkuchen. »Selbst gebacken«, sagte Herr Röslein. »Du hast doch sicher Hunger, oder?«

Moritz nickte. Herr Röslein holte sich noch einen Stuhl aus der Wohnung und dann aßen beide Streuselkuchen, bis er alle war.

»Vielen Dank«, sagte Moritz anschließend. Ihm war schon etwas wohler.

»Gern geschehen«, sagte Herr Röslein. »Wie geht es übrigens eurem Elefanten?«

»Unserem Elefanten?«, fragte Moritz und schaute ihn groß an.

»Ja, ich habe ihn doch heute früh durch die Wohnung stampfen hören«, sagte Herr Röslein.

»Das war Mama«, sagte Moritz und grinste. »Außerdem gibt es in Wohnungen doch keine Elefanten.«

»Sag das nicht, mein Junge«, antwortete Herr Röslein. »Dass du noch keinen Elefanten in einer Wohnung gesehen hast, heißt noch lange nicht, dass es dort keine gibt.«

»Haben Sie denn schon einmal einen Elefanten in einer Wohnung gesehen?«, fragte Moritz.

»Ja sicher, schon oft. Zuletzt bei meinem Freund Alfons Meyerbeer, zwei Straßen weiter.«

Moritz nahm noch einen Schluck von seinem Kakao und guckte den alten Herrn an. Der blickte vergnügt zurück.

»Da staunst du, was?«, fragte er.

Um genauer zu sein: Moritz glaubte ihm nicht. Aber er fand es unfreundlich, Herrn Röslein zu sagen, dass er ihn für einen Lügner hielt.

»Du denkst, ich spinne«, stellte Herr Röslein fest. »Das ist das Problem mit den Menschen. Sie glauben nur, was sie sehen. Und selbst das nicht, wenn sie es für unwahrscheinlich halten.«

»Aber wie soll ein Elefant durchs Treppenhaus kommen?«, fragte Moritz.

»Das geht natürlich nur, solange es ein kleiner Elefant ist«, sagte Herr Röslein. »Alfons hat einen Tag gebraucht, um ihn nach oben zu bekommen.«

»Und dann?«, fragte Moritz.

»Der Elefant lebte zunächst im Zimmer von Alfons' Sohn, der schon ausgezogen war. Alfons gab ihm den Namen Cicero. Cicero war sehr anhänglich. Das wurde später zum Problem, als er ein erwachsener Elefant war und immer noch auf Alfons' Schoß sitzen wollte.« Herr Röslein trank einen Schluck Kakao.

»Und dann?«, fragte Moritz.

»Als der Elefant größer wurde, zog er ins Wohnzimmer um. Damals schaffte Alfons den Fernseher ab, weil an gemütliches Fernsehen natürlich nicht mehr zu denken war. Schließlich musste Alfons die Wand zum Schlafzimmer herausbrechen. Hin und wieder fragte er sich, ob das mit dem Elefanten wirklich so eine gute Idee gewesen war. Aber über die Jahre hatte er sich so an ihn gewöhnt, dass er sich kein anderes Haustier mehr vorstellen konnte. ›Was soll ich mit einer Katze?‹, sagte er. ›Ein Elefant ist treu und will nachts nicht um die Häuser ziehen.‹«

Unten schloss jemand die Haustür auf. Moritz sprang auf, um zu gucken, ob Papa vielleicht kam. Aber es war nur Frau Felsinger aus dem Erdgeschoss, die sich jedes Mal beschwerte, wenn er zu laut die Treppe hinunterhüpfte. Seufzend ließ sich Moritz wieder auf die Stufe fallen.

»Ich verstehe einfach nicht, wo Papa bleibt«, sagte er.

»Es ist bestimmt etwas ganz Harmloses«, sagte Herr Röslein. »Vielleicht sind sie in den Park gegangen, um Regenschirme zu ernten. Das bietet sich an Tagen wie diesem an.«

»Regenschirme ernten?«, fragte Moritz. »Die gibt's doch im Kaufhaus.«

»Was lernt ihr eigentlich in der Schule?«, fragte Herr Röslein zurück. »Weißt du nicht, dass im Park die Regenschirme wachsen, wenn es von morgens bis abends regnet? Wenn man Glück hat, erwischt man ein paar, bevor sie für die Kaufhäuser einge-sammelt werden. Ich persönlich habe noch nie einen Regen-schirm gekauft, sondern immer selbst geerntet. Wenn du willst, zeige ich dir mein Lieblingsexemplar.«

Herr Röslein stand auf und ging in seine Wohnung. Die Woh-nungstür ließ er offen stehen, sodass Moritz einen Ständer mit bunten Regenschirmen sehen konnte, der in einer Ecke des Flurs stand. Herr Röslein zog einen von ihnen vorsichtig heraus und brachte ihn mit in den Hausflur. Hier spannte er ihn auf. Moritz war geblendet. Zusammengeklappt hatte er ganz normal ausgesehen. Aber als Herr Röslein ihn aufspannte, erklang eine leise, wunderschöne Melodie und am hellgrünen Schirmhim-mel funkelten goldene Sterne.

»London, Hydepark«, sagte Herr Röslein.

Unten ging wieder die Tür. Diesmal erkannte Moritz sofort Tims Stimme und Papas Lachen. So schnell er konnte, raste er die Treppe hinunter.

»Papa, Tim! Wo wart ihr nur?«

»Was machst du denn hier?«, fragte Papa. »Mama hat gesagt, du gehst nach der Schule mit zu Ole.«

»Das war letzte Woche«, sagte Moritz. »Ihre miese Laune hat alles durcheinandergebracht!«

»Na, na«, sagte Papa. »Mama hatte eine Menge im Kopf heute Morgen, sie hat es nicht böse gemeint. Hast du die ganze Zeit auf der Treppe gewartet?«

»Ja, Herr Röslein hat mir Kakao gegeben«, sagte Moritz.

Unterdessen hatten sie den ersten Stock erreicht, wo Herr Röslein gerade die leeren Tassen einsammelte. Der Regenschirm stand unauffällig in der Ecke.

»Guten Tag, Röslein mein Name«, sagte Herr Röslein. »Ich habe mir erlaubt, Moritz ein Stück Streuselkuchen zu spendieren.«

»Vielen Dank«, sagte Papa, »das war sehr freundlich. Wir kennen uns noch gar nicht. Wir sind allerdings auch erst vor zwei Monaten eingezogen. Ich bin Edgar Freudenreich und das ist Tim.«

»Herzlich willkommen«, antwortete Herr Röslein. »Ich bin immer viel unterwegs. Wahrscheinlich haben wir uns deswegen noch nicht gesehen.«

Papa gab ihm die Hand. »Wollen Sie bei uns vielleicht noch einen Kaffee trinken?«

»Ein andermal gerne«, sagte Herr Röslein. »Aber heute muss ich meinen Freund Alfons besuchen.«

»Wie ist die Geschichte mit dem Elefanten eigentlich ausgegangen?«, fragte Moritz.

»Als Alfons anfing, die Wand zum Hausflur einzureißen, hat der Vermieter ihm mit Kündigung gedroht. Es blieb Alfons nichts anderes übrig, als Cicero in den Zoo zu geben. Sie mussten ihn mit einem Kran aus der Wohnung heben. Cicero hat im Zoo zum Glück ein sehr nettes Elefantenmädchen kennengelernt. Nur Alfons ist immer noch etwas traurig, dass Cicero nicht mehr an seinem Fußende schläft. Er überlegt jetzt, ob er es mal mit einem Hausschwein versuchen soll.«

Papa lachte auf diese erwachsene, höfliche Art. Das machte er immer, wenn er nicht wusste, wovon die Rede war.

»Darf Moritz mich vielleicht einmal besuchen kommen?«, fragte Herr Röslein.

»Gerne«, sagte Papa.

Und dann verabschiedeten sie sich. Herr Röslein nahm seinen grünen Regenschirm und stieg die paar Stufen zu seiner Wohnung hinunter. Papa, Tim und Moritz gingen die Treppe hinauf.

Oben angekommen, stellte Papa Tim auf den Boden. »Schau mal«, sagte er zu Moritz. »Er hat heute seine ersten Schritte gemacht.« Gemeinsam guckten sie zu, wie Tim stolz und wacklig den Flur entlanglief. Er fiel immer wieder hin. Moritz breitete die Arme aus und fing ihn auf. Manchmal fand er es schön, der große Bruder zu sein. Und manchmal wünschte er sich selber einen. Einen, der größer und stärker war als Stefan Rabentraut.

Als Moritz an diesem Abend im Bett lag, blieb Mama etwas länger bei ihm sitzen. »Na, mein Großer«, sagte sie, »da habe ich dich ja ganz schön hängen lassen, was?« Moritz nickte und rückte ein bisschen näher an sie heran.

»Aber dafür habe ich Herrn Röslein kennengelernt«, sagte er.

»Ist er nett, der Herr Röslein?«

»Ich würde sagen: Er ist sehr nett«, sagte Moritz.

»Vielleicht magst du ihn mal besuchen«, sagte Mama.

»Ja«, sagte Moritz, und als das Licht aus war, dachte er für einen kleinen Moment darüber nach, wie es wäre, jetzt einen kleinen Elefanten am Fußende stehen zu haben.

Ich werde ihn besuchen, dachte Moritz, gleich morgen werde ich ihn besuchen. Und dann schlief er ein.

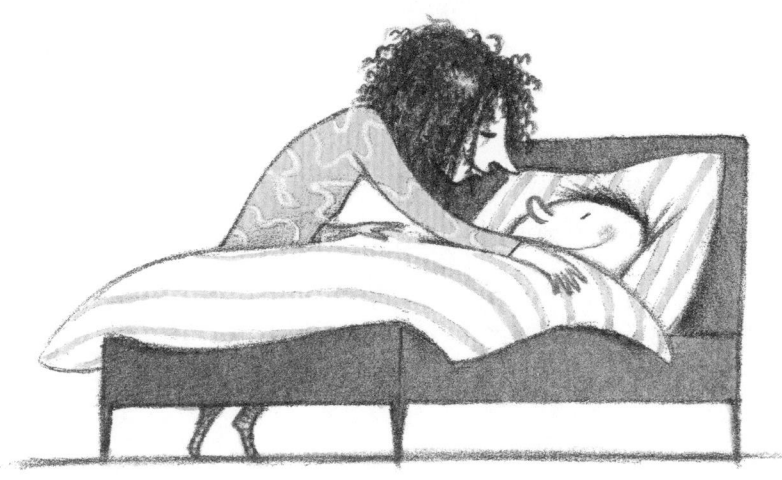

Herr Röslein geht mit Moritz spazieren

Am nächsten Mittag hatte Papa für sie beide Würstchen mit Sauerkraut gemacht und dazu Kartoffelpüree. Tim war bei der Tagesmutter, weil Papa noch einen Klavierschüler erwartete. Moritz erzählte von Stefan Rabentraut.

»Am liebsten würde ich ihm ein paar runterhauen«, sagte er. »Aber er ist viel größer als ich.«

»Das mit dem Hauen ist so eine Sache«, sagte Papa. »Erst haust du, dann haut er, dann wieder du ... So was kann böse ausgehen. Als ich so alt war wie du, habe ich mir eine gebrochene Nase eingefangen, weil ich mich unbedingt prügeln musste.«

»Und?«, fragte Moritz.

»Sie ist wieder zusammengewachsen«, sagte Papa. »Aber schön war das nicht. Seitdem halte ich Prügeln jedenfalls für eine eher schlechte Idee.«

»Und was soll ich dann machen?«, fragte Moritz.

»Den Stefan Rabentrauts dieser Welt geht man am besten aus dem Weg«, sagte Papa. »Wenn man nicht gerade das Pech hat, sie als Erwachsener zum Chef zu bekommen, so wie deine Mutter.«

Mama hatte schon öfter erzählt, dass ihr Chef sie entsetzlich anbrüllte, wenn ihm etwas nicht passte. Moritz stellte sich einen erwachsenen Stefan Rabentraut vor und schüttelte sich.

Gleich nach dem Mittagessen stand Moritz auf und sagte zu Papa: »Ich gehe mal runter, Herrn Röslein besuchen.«

»Das halte ich für keine gute Idee«, sagte Papa und räumte die leere Pfanne vom Tisch. »Erstens musst du noch Hausaufgaben machen und zweitens halten ältere Leute um diese Zeit öfter ein Mittagsschläfchen.«

»Darf ich denn runtergehen, wenn ich mit meinen Hausaufgaben fertig bin?«, fragte Moritz.

»Du darfst runtergehen, wenn es halb vier ist und du mit deinen Hausaufgaben fertig bist«, sagte Papa.

Moritz nahm seinen Schulranzen und ging in sein Zimmer. Seit sie umgezogen waren, hatte er sein eigenes Zimmer mit einem Hochbett, einer Kuschelhöhle und einem hellblauen Schreibtisch. Den Schreibtisch hatte er mit Papa zusammen angemalt und er war sehr stolz darauf. Leider war es in letzter Zeit manchmal etwas unordentlich, weil Moritz nie Zeit zum Aufräumen hatte. Auch jetzt musste er erst mal das Mathebuch zur Seite schieben und einen Apfelbutzen in den Papierkorb werfen, bevor er seine Hefte ausbreiten konnte. Moritz nahm den Füller aus seiner Tasche, schlug sein Deutschheft auf und schrieb langsam: »Die Tiere in unserem Park«.

Frau Meier, die Deutschlehrerin, hatte ihnen einen Aufsatz zu diesem Thema als Hausaufgabe aufgegeben. Sie hatte vorgeschlagen, dass sie in den Park gehen sollten, um dort die Tiere zu beobachten. Moritz war schon oft im Park gewesen, aber das Einzige, was er gesehen hatte, war hin und wieder ein Eichhörnchen. Also begann er mit dem Satz: »Das bekannteste Parktier ist das Eichhörnchen«, doch dann fiel ihm nichts mehr ein, was er sonst noch schreiben könnte. Ameisen konnten ja wohl nicht ge-

meint sein. Vielleicht musste er den Besuch bei Herrn Röslein verschieben und mit Papa und Tim einen Spaziergang durch den Park machen.

Da klingelte es an der Tür. Moritz ließ seinen Stift fallen und raste los. Er kam genau gleichzeitig mit Papa an. Vor der Tür stand Herr Röslein. Er trug einen dunkelgrünen Anzug mit feinen blauen Streifen und eine Weste. Sein Hemd war weiß, aber etwas zerknittert. In der Hand hatte Herr Röslein ein altmodisch aussehendes Fernrohr aus Messing.

»Guten Tag«, sagte er mit seinem freundlichen Lächeln, »ich habe mich gefragt, ob Moritz mit mir vielleicht einen Spaziergang im Park machen möchte. Das Wetter ist so schön heute.« Damit hatte er recht. Nach dem Regentag war der Himmel strahlend blau.

»Eigentlich muss Moritz noch Hausaufgaben machen«, sagte Papa zögernd.

»Aber ich soll einen Aufsatz über Tiere im Park schreiben und mir fällt einfach nichts ein, Papa«, sagte Moritz schnell. »Vielleicht habe ich eine Idee, wenn ich wiederkomme.«

Papa sah ihn einen Moment lang nachdenklich an und dann sagte er: »Na okay, komm aber bitte nicht zu spät nach Hause.« Und zu Herrn Röslein sagte er: »Das ist sehr nett, dass Sie Moritz mitnehmen. Hätten Sie danach denn Zeit für einen Kaffee?«

»Gerne. Ich bringe ein paar von meinen englischen Orangenkeksen mit. Das sind die besten der Welt«, sagte Herr Röslein und zwinkerte Moritz zu. »Die Orangen müssen um Mitternacht geschält werden, sonst verlieren sie das Aroma.«

»Warum?«, fragte Moritz.

»Es sind andalusische Mitternachtsorangen. Eine Züchtung, die noch aus Zeiten der Araber stammt. Die Bäume blühen nicht tagsüber, sondern nachts. Und die Früchte werden am besten auch nachts geerntet. Und natürlich geschält.«

Moritz sah ihn verblüfft an. »Woher wissen die Engländer das?«

»Die Engländer haben den Trick deswegen herausbekommen, weil sie so gerne Orangenmarmelade essen. Sie wissen mehr über Orangenschalen als irgendein anderes Volk auf der Welt. Es gibt in Oxford sogar einen Professor dafür. Und jetzt lass uns gehen.«

Moritz zog seine Turnschuhe an und ging mit Herrn Röslein die Treppe hinunter. Er dachte kurz über den englischen Orangenschalen-Gelehrten nach, aber dann musste er sich anstrengen, mit Herrn Röslein Schritt zu halten – so schnell lief der die Straße zum Park entlang. In der Hand hielt er sein kleines Fernrohr, das jetzt golden in der Sonne glänzte.

»Darf ich es mal halten?«, bat Moritz.

»Ja, gleich, wenn wir im Park sind«, erwiderte Herr Röslein, »es ist ein ganz besonderes Stück. Ein taiwanesisches Kleinwildfernrohr. Ich habe es auf meiner letzten Reise durch die chinesische Provinz sehr günstig bei einem Altwarenhändler gekauft.«

Moritz hatte noch nie von einem Kleinwildfernrohr gehört,

aber er beschloss, im Park danach zu fragen, weil sie mittlerweile so schnell gingen, dass er außer Atem geriet.

Vor dem Park stand ein bunt bemalter Eiswagen, der von ferne leuchtete. Eine kleine Frau mit roten Haaren winkte ihnen zu.

»Ach, da steht ja Pippa«, sagte Herr Röslein und winkte zurück. »Sie hat wundervolles Eis. Leider haben wir heute keine Zeit für sie.«

Im Park bog Herr Röslein in den ersten Weg rechts ein. Blätter und Zweige bedeckten den Boden und die Äste der Bäume standen so dicht, dass man kaum noch den Himmel sehen konnte. Es war, als würde man in eine Höhle treten. Und kaum waren sie einige Schritte gelaufen, wandte Herr Röslein sich wieder nach rechts und bog vorsichtig einige Zweige zur Seite.

»Hier müsste es sein«, murmelte er leise. »Hier habe ich ihn doch das letzte Mal gesehen.«

Moritz guckte ihm verwundert zu.

»Entschuldige, Moritz«, sagte Herr Röslein, »aber so langsam merke ich mein Alter. Ich bin mir manchmal nicht ganz sicher, ob ich mich richtig an Dinge erinnere. Aber hier müsste er gewesen sein.«

»Wer?«, fragte Moritz.

»Der Parktiger«, sagte Herr Röslein. »Er ist sehr scheu und eigentlich nur zwischen drei Uhr morgens und Sonnenaufgang zu sehen. Aber wenn man weiß, wo er wohnt, kann man ihn beim Schlafen beobachten. Du brauchst doch noch etwas für deinen Aufsatz.«

Das brauchte Moritz allerdings. Nur glaubte er erstens nicht daran, dass es Parktiger geben könnte, und zweitens war er sich ziemlich sicher, keinen wie auch immer gearteten Tiger treffen zu wollen.

»Ich habe noch nie von Parktigern gehört«, sagte Moritz vorsichtig.

»Nein?«, fragte Herr Röslein erstaunt. »Na, warte, heute wirst du sogar einen sehen.«

Herr Röslein hatte sich etwas weiter in die Büsche gewagt und hielt von innen die Zweige zurück, um Moritz hineinzulassen. Das Fernrohr hatte er in die Tasche seiner Anzugjacke gesteckt. Moritz zögerte.

»Was ist?«, fragte Herr Röslein.

»Na ja«, sagte Moritz, »wenn da wirklich ein Tiger ist …«

Herr Röslein trat wieder aus den Büschen heraus und ließ die Zweige los. Er kratzte sich am Kopf.

»Tja, das ist jetzt schwierig. Erst sagst du, du hast noch nie von Parktigern gehört. Und wenn es keine gibt, dann braucht man natürlich keine Angst vor ihnen zu haben. Wenn du hingegen Angst vor dem Parktiger hast, scheinst du ja zumindest anzunehmen, dass es ihn geben könnte.«

Moritz nickte unentschieden.

»Allerdings habe ich persönlich noch nie etwas von Spaziergängern gehört, die im Park von Tigern angefallen werden«, fuhr Herr Röslein fort. »Wenn es ihn also gibt, scheint er verhältnismäßig harmlos zu sein. Es besteht also eigentlich kein Grund, nicht wenigstens einen kurzen Blick auf ihn zu werfen.«

»Aber …«, setzte Moritz an, als er plötzlich ein Knurren hörte. Es war ein leises, eher niedliches Knurren, wie von einem Kätzchen, aber es war unverkennbar ein Knurren.

»Siehst du«, flüsterte Herr Röslein, »jetzt haben wir ihn aufgeweckt.«

Ehe Moritz es sich versah, war Herr Röslein wieder in den Busch gestiegen und hielt die Zweige zurück, damit Moritz ihm folgen konnte. Moritz trat zögernd hinterher und sah erstaunt, dass hinter den Zweigen eine kleine Lichtung lag, die in hellgrünes Licht getaucht war. Auf der Erde wuchs weiches, dichtes Gras und hie und da reckten ein paar rosa Gänseblümchen ihre Köpfe hervor. Sonst sah man nichts.

»Wunderbar«, murmelte Herr Röslein, »ganz wunderbar.«

Er zog sein Fernrohr aus der Tasche und reichte es Moritz.

»Hier«, sagte er. »Damit kannst du ihn sehen.«

Moritz hielt sich das Fernrohr ans rechte Auge. Er sah Gras und ein Gänseblümchen.

»Da ist nichts.«

»Weiter rechts«, sagte Herr Röslein.

Moritz bewegte das Fernrohr langsam nach rechts. Und auf einmal sah er es: Mitten im Gras lag eine kleine gefleckte Tatze. Die Tatze gehörte zu einem winzigen Tiger, dessen Kopf kaum über die Grashalme hinausreichte. Er blinzelte verschlafen ins hellgrüne Licht. Dann gab er ein eher jämmerliches Knurren von sich.

»Er hat Hunger«, sagte Herr Röslein und zog aus seiner Tasche eine Tüte mit Rosinen. Er kniete sich ins Gras. Ohne Fernrohr konnte Moritz den Tiger nicht erkennen, aber Herr Röslein schien genau zu wissen, wo er lag. Er nahm eine Rosine aus der Tüte und erklärte: »Parktiger lieben Rosinen.«

Moritz guckte wieder durchs Fernrohr und sah, wie sich eine große Hand mit einer Rosine dem kleinen Tiger näherte. Der schnupperte neugierig und holte sich die Rosine mit seiner Tatze. Dann verschlang er sie. Moritz ließ das Fernrohr sinken und sah Herrn Röslein staunend an. Der nahm gerade eine zweite Rosine aus der Tüte und Moritz beobachtete, wie eine winzige Tatze auch diese Rosine von der Hand fegte.

»Es ist erstaunlich, welche Mengen sie vertilgen können«, sagte Herr Röslein.

»Wieso fressen die Parktiger Rosinen?«, fragte Moritz. »Die wachsen doch nicht im Park.«

»Natürlich nicht«, antwortete Herr Röslein. »Sie ernähren sich normalerweise von Gras und Blättern, denn Parktiger fressen kein Fleisch. Aber es gibt natürlich Leute wie mich oder meinen Freund Alfons, die wissen, dass der Parktiger am liebsten Rosinen isst. Wir kommen dann und wann vorbei, um ihn zu füttern.«

»Aber warum habe ich noch nie von einem Parktiger gehört?«, fragte Moritz.

»Nun«, sagte Herr Röslein, »es gibt nur noch sehr wenige, und wenn mal ein Mensch einen von ihnen sieht, hält er ihn für eine Maus oder eine kleine Ratte. Du weißt ja selber, dass die

Menschen oft nicht genau hinschauen – besonders, wenn es sich um kleine Dinge handelt.«

Während er sprach, holte Herr Röslein unentwegt Rosinen aus der Tüte, die der kleine Tiger in Windeseile auffraß.

»Jetzt ist es gut, Rudi«, sagte Herr Röslein. »Wir müssen noch weiter und Moritz hat noch Hausaufgaben zu machen.« Er schwieg einen Moment und legte den Kopf etwas schief, so als ob er auf etwas lauschen würde. »Ich werde Alfons von dir grüßen. Und jetzt schlaf, sonst kannst du heute Nacht nicht gut genug aufpassen.«

Moritz hörte noch ein zartes Knurren, dann schob Herr Röslein die Zweige wieder zur Seite und ließ Moritz als Ersten zurück auf den Weg treten.

»Man darf ihn nicht zu lange stören, er ist ein sehr nervöses Tier«, sagte er.

»Worauf muss er denn aufpassen?«, fragte Moritz.

»Er bewacht die Marienkäfer«, sagte Herr Röslein. »Im Moment sind viele Mammutkäfer im Park unterwegs und zertreten alles, was sich ihnen in den Weg stellt. Tagsüber sehen die Marienkäfer sie rechtzeitig und können fliehen. Aber nachts brauchen sie die Hilfe des Tigers, der bessere Augen hat. Darum muss er sich tagsüber ausruhen. Und jetzt gehen wir heim, es ist schon spät.«

Langsam gingen sie zum Ausgang des Parks zurück. Moritz war sehr still. »Das glaubt mir keiner«, sagte er schließlich. »In der Schule werden sie denken, dass ich es mir ausgedacht habe.«

»Und wenn schon«, antwortete Herr Röslein. »Du weißt ja, dass es stimmt. Und übrigens ist es nur noch eine Frage der Zeit, bis der Parktiger auch von anderen entdeckt wird. Dann warst du einer der Ersten. Echte Entdecker müssen es aushalten, dass man sie für etwas meschugge hält.«

Zu Hause ging Herr Röslein noch mit bis vor Moritz' Wohnungstür.

»Da bist du ja«, sagte Papa. »Du musst doch noch deinen Aufsatz schreiben.«

»Es war etwas schwierig, den Parktiger heute zu finden«, sagte Herr Röslein.

»Welchen Parktiger?«, fragte Papa.

»Oh«, sagte Herr Röslein mit einem breiten Lächeln, »das kann Ihnen alles Moritz erzählen. Es tut mir wirklich leid, dass es nun wieder zu spät fürs Kaffeetrinken ist.« Papa nickte und sagte: »Wir kommen bestimmt noch mal dazu.«

Doch während Herr Röslein zum Abschied eine kleine Verbeugung andeutete, hatte Moritz plötzlich das sichere Gefühl, dass er niemals bei ihnen am Kaffeetisch sitzen würde.

Moritz wundert sich

Als Herr Röslein die Treppe hinuntergegangen war, wollte Papa natürlich sofort die Geschichte vom Parktiger hören. Moritz holte tief Luft und sagte dann: »Das glaubst du sowieso nicht.«

»Na hör mal«, antwortete Papa, »wenn du mir erzählst, dass du ihn gesehen hast, werde ich dir ja wohl glauben.«

Tim war damit beschäftigt, seine Stoffwürfel aufeinanderzustapeln, und Papa setzte sich mit Moritz aufs Sofa. Moritz begann mit dem schmalen Gang und den Büschen, erzählte vom Fernrohr und dem jämmerlichen Knurren und von der kleinen Tatze, die nach der Rosine schlug. Papa sagte hin und wieder »hm« oder »aha« oder »interessant«. Sonst schwieg er. Als Moritz zu Ende erzählt hatte, war es draußen dunkel.

»Das ist ja wirklich eine ungewöhnliche Geschichte«, sagte Papa. »Ich finde, du solltest sie aufschreiben.«

Moritz ging an seinen Schreibtisch, wo noch immer sein auf-geschlagenes Heft lag. Er begann zu schreiben: »Die meisten von uns wissen, dass es in unseren Parks Eichhörnchen, Krähen, Mäuse und Ratten gibt. Aber nur wenige Menschen kennen den Parktiger.« Schon bald war ihm, als ob sein Füller von selbst schrieb. Er füllte Seite um Seite mit der Beschreibung des Tigers, seines Lebensraums und seiner Aufgaben.

Erst als er hörte, wie Mamas Schlüssel sich im Schloss drehte, legte er den Füller hin und flitzte in den Flur. »Mama, stell dir vor«, rief er, »ich hatte einen Aufsatz auf und keine Idee und dann war ich mit Herrn Röslein im Park und ...«

Mama wickelte ihren Schal vom Hals. »Lass mich doch erst mal ankommen!«

Moritz wartete voller Ungeduld, bis sie ihre hohen Stiefel ge-gen ein paar Socken eingetauscht hatte, und begann nochmals, seine Geschichte zu erzählen. Doch Mama hörte nicht richtig zu. Sie nahm Tim auf den Arm und drückte ihre Nase in seinen Hals, gab Moritz und Papa einen Kuss und sagte: »Ich habe furchtbaren Hunger. Wollen wir gleich Essen machen?«

In der Küche setzte sich Moritz an den alten Holztisch und half Möhren schneiden. Tim panschte mit seinem Löffel im Grießbrei herum. Mama erzählte von ihrem Chef. Der hatte sie vor allen anderen heruntergeputzt, weil sie nach Weihnachten ein paar Tage frei haben wollte.

»Und jetzt«, beendete sie ihre Erzählung, »hat er für das nächste halbe Jahr einen Urlaubsstopp verhängt.«

Papa guckte sie entsetzt an. »Das ist nicht wahr«, sagte er nur.

Moritz schluckte. Seit Monaten hatten sie sich darauf gefreut, an Weihnachten zusammen zu verreisen. Er wollte mit Mama Ski fahren und Papa, der nicht Ski laufen konnte, wollte mit Tim Schlitten fahren. Das Hotel hatte ein Schwimmbad und es gab jeden Abend Kaiserschmarren. Und nun sollte alles ins Wasser fallen? Vor Enttäuschung schossen Moritz die Tränen in die Augen. »Das ist ja so gemein!«, rief er. »Du hast einen blöden, blöden Chef.«

»Ich weiß«, antwortete Mama.

»Du hast es versprochen!«, rief Moritz. Ihm wurde ganz heiß vor Wut.

»Vielleicht können wir es in die Osterferien verschieben? Im März liegt schließlich auch noch Schnee.«

»Bis zu den Osterferien dauert es noch ewig!«

Beim Abendessen war die Stimmung schlecht. Moritz stocherte in seinem Salat herum und versuchte noch einmal, von seinem Nachmittag im Park zu erzählen. Aber Mama sagte auf eine Art »hm« und »aha«, dass er schnell wieder aufhörte zu reden.

Als Mama ihn ins Bett brachte, sagte sie: »Tut mir leid, Schatz – wir fahren bestimmt noch zum Skilaufen. Und ich versuche wirklich, einen anderen Job zu finden. Aber das ist im Moment nicht so leicht. Es gibt viele Architekten, die Arbeit suchen.«

Moritz nickte, obwohl ihm nicht danach war. »Jetzt habe ich dir gar nicht von meinem Aufsatz erzählt«, sagte er.

»Das machen wir morgen«, sagte Mama und gab ihm einen Kuss.

Als Moritz im Bett lag, hörte er, wie Mama und Papa sich in der Küche zankten. Sie wurden lauter und lauter. Schließlich schrie Papa: »Du kannst mich mal!«, und Moritz hörte die Wohnungstür zukrachen. Er stand auf, machte leise die Tür zum Flur auf und schlich zur Wohnzimmertür. Mama saß auf einem Sessel und hatte das Gesicht in den Händen vergraben. Ihr Rücken bebte.

»Mama«, sagte er und lief zu ihr, »was ist denn passiert?«

Mama blickte auf und Moritz sah, dass ihre Augen rot geweint waren. »Papa ist wütend, dass wir nicht verreisen können«, sagte Mama. »Und ich kann ihn ja verstehen.«

Moritz streichelte ihren Rücken. »Aber er muss dich doch nicht so anschreien.«

»Nein, das muss er nicht«, sagte Mama und wischte sich die Augen. Sie nahm ihn an der Hand und brachte ihn wieder ins Bett. »Wir finden eine Lösung, ganz bestimmt«, sagte sie.

Es dauerte noch eine Weile, bis Moritz einschlief.

Natürlich waren sie am nächsten Morgen wieder in Eile. Moritz löffelte schnell einen Joghurt, Papa schmierte ein Schulbrot, Mama fütterte Tim. Keiner redete besonders viel. Moritz merkte, dass sie sich immer noch böse waren. Mama und Papa hatten sich schon öfter gestritten, aber es war mehr geworden in letzter Zeit. Und vor allem vertrugen sie sich nicht mehr so schnell wie früher. Moritz versuchte, ein paar Witze zu machen, aber Mama reagierte gar nicht und Papa grinste nur etwas schief.

Moritz war ziemlich erleichtert, als er die Tür hinter sich zumachte und zur Schule rannte. Aber als er ankam, war er so spät dran, dass er Lili und Ole nichts mehr vom Parktiger erzählen konnte.

In der zweiten Stunde hatten sie Deutsch. Doch anstatt die Hefte einzusammeln, wie sie es sonst tat, sagte Frau Meier: »Bevor ich eure Aufsätze mitnehme, können wir drei davon vorlesen und darüber reden. Ich bin gespannt, was ihr herausgefunden habt.«

Moritz spürte ein unangenehmes Kribbeln im Bauch. Hoffentlich kam er nicht dran. »Als Erstes würde ich gerne den Aufsatz von Lena hören«, sagte Frau Meier.

Lena las etwas stockend ihren Aufsatz vor, in dem es um Krähen, Mäuse, Hasen und Eichhörnchen ging.

»Da hast du ja eine Menge zusammengetragen«, sagte Frau Meier, als Lena geendet hatte. »Mal sehen, was …«, sie machte eine Pause und schaute in die Runde der Schüler, die die Köpfe senkten, so tief es ging, »… mal sehen, was Moritz aufgeschrieben hat.«

Und Moritz begann zu lesen. Bald fingen die anderen Kinder an zu kichern. Als er an der Stelle mit den Rosinen angekommen war, lachten Stefan Rabentraut und Martin Hohwieler so laut, dass Moritz seine eigene Stimme nicht mehr verstehen konnte. Er schaute von seinem Heft auf. Frau Meier saß mit gerunzelter Stirn da und sah nachdenklich in die Klasse, die sich vor Heiterkeit kaum noch zu halten wusste. »Ich schlage vor, wir brechen das ab«, sagte sie schließlich.

»Sehr schön geschrieben, Moritz«, fügte sie dann hinzu, »aber eigentlich sollte es um Tiere gehen, die es im Park tatsächlich gibt.«

»Ich habe ihn doch gesehen«, sagte Moritz. Seine Mitschüler explodierten förmlich vor Lachen.

»Komm nach der Stunde bitte mal zu mir«, sagte Frau Meier. »Und die anderen beruhigen sich jetzt wieder und bringen mir ihre Hefte nach vorne. Mal sehen, ob ihr auch so lacht, wenn wir über eure Aufsätze reden.« Das Gelächter wurde weniger und verstummte schließlich.

Kurz darauf klingelte es zur großen Pause. Während die anderen Richtung Treppe rannten, ging Moritz langsam zu Frau Meier.

»Moritz«, sagte sie ernst. »Ich finde Fantasie wirklich schön. Aber es ging nicht darum, dass ihr euch eine Geschichte ausdenkt.«

»Ich habe mir nichts ausgedacht«, sagte Moritz zornig. »Nur weil Sie noch nie einen Parktiger gesehen haben, heißt das ja nicht, dass es keine Parktiger gibt.«

»Aber ich bin ja nicht die Einzige, die noch nie von einem Parktiger gehört hat. Das macht seine Existenz doch eher unwahrscheinlich, findest du nicht?«

»Unwahrscheinlich, aber nicht unmöglich«, sagte Moritz und wunderte sich für einen Moment, woher seine Worte kamen.

»Wie auch immer«, sagte Frau Meier, »ich möchte, dass du mir noch einmal einen Aufsatz schreibst, und zwar einen, in dem Tiere vorkommen, die die meisten Menschen kennen. Gib ihn bitte Ende der Woche ab.« Moritz wusste, wann Diskussionen zwecklos waren. Er nahm seine Jacke vom Stuhl, griff sich einen Apfel aus der Schultasche und stapfte mit wütenden Schritten die Treppe zum Hof hinunter.

Lili und Ole warteten an der Treppe auf ihn.

»Na?«, fragte Lili. »Gab's Ärger?«

»Allerdings«, antwortete Moritz, »ich muss den Aufsatz noch mal schreiben.«

»Hallo, Moritz-Baby«, schrie Stefan Rabentraut herüber, »ich habe neulich eine Parkgiraffe gesehen – die war nur so groß wie eine Maus, haha!«

»Und sie aß nur Gummibärchen«, höhnte Martin Hohwieler.

Moritz zog eine Grimasse und murmelte: »Schwachköpfe.« Die beiden zogen johlend ab.

»Warum musstest du auch diese Geschichte erfinden?«, fragte Ole.

»Wenn ich euch doch sage, dass es stimmt«, sagte Moritz und merkte, wie er wieder wütend wurde.

»Wir können in den Park gehen, dann zeige ich ihn euch.« Und so verabredeten sie sich für den Nachmittag.

Als Lili und Ole nachmittags zu Moritz kamen, war der Himmel dunkelgrau und es regnete so sehr, dass an einen Parkbesuch nicht zu denken war. Außerdem durfte Moritz nicht alleine in den Park und Papa hatte mit Tim wegen einer Impfung zum Kinderarzt gehen müssen. Moritz hatte beim Mittagessen kurz von seinem Ärger in der Schule erzählt.

»Tja«, sagte Papa, »da musst du dann wohl durch. Die Geschichte mit dem Parktiger ist zwar eine sehr schöne Geschichte, aber du musst zugeben, dass sie sich für die meisten Menschen eher unwahrscheinlich anhört.«

»Ja, schon«, sagte Moritz. »Aber Herr Röslein hat gesagt, manchmal ist man eben der Erste, der etwas weiß, und dann kann es schon mal etwas ungemütlich werden.«

»Da hat Herr Röslein recht«, sagte Papa. »Ich denke trotzdem, du solltest jetzt zusätzlich einen Aufsatz über Eichhörnchen und Hasen schreiben.«

Natürlich war es etwas schade, dass Moritz Lili und Ole nicht das Versteck des Tigers zeigen konnte, aber sie hatten auch so einen sehr netten Nachmittag. Sie machten es sich in Moritz' Höhle gemütlich und Moritz erzählte ihnen von Herrn Röslein.

»Und deine Eltern lassen dich einfach mit ihm in den Park?«, fragte Lili.

»Unsere Freunde von gegenüber kennen ihn. Sie sagen, dass er so ziemlich der netteste alte Herr ist, den sie je kennengelernt haben«, sagte Moritz.

»Wie alt ist er denn?«, fragte Lili.

»Weiß nicht«, sagte Moritz. »Er ist älter als meine Eltern und er hat graue Haare. Aber er sieht jünger aus als meine Oma.«

»Meine Oma hat einen Kater, der Herr Bohnenkraut heißt«, erzählte Lili. »Wenn ich bei ihr bin, schläft er immer in meinem Bett.«

Moritz überlegte für einen Moment, ob er von Alfons und seinem Elefanten erzählen sollte, behielt die Geschichte dann aber lieber für sich. Stattdessen fragte er: »Wollen wir Seeräuberschlacht spielen?«

Eine Viertelstunde später sah Moritz' Zimmer aus wie die wilde, aufgewühlte See. Lili und er waren gerade dabei, Ole in die Ka-

jüte unter dem Schreibtisch zu sperren, als es klingelte. Moritz lief zur Tür und freute sich sehr, Herrn Röslein zu sehen. In der Hand hielt er einen silbernen Teller, der an der Seite mit eingeprägten Sternen verziert war. Auf dem Teller lagen große goldbraune Kekse. Sie verströmten einen durchdringenden Duft nach Orangen und Schokolade.

»Das habe ich gestern vergessen«, sagte Herr Röslein. »Die besten Orangenkekse der Welt.«

»Kommen Sie doch herein«, schlug Moritz vor, »Ole und Lili sind auch da.«

»Ich würde Ole und Lili wirklich sehr gerne kennenlernen«, sagte Herr Röslein, »aber ausgerechnet heute habe ich leider gar keine Zeit. Ich muss noch in den Park zu Rudi, um ihn zu warnen. Morgen wird in der Zeitung stehen, dass der Parktiger entdeckt worden ist, und es werden Massen von Menschen in den Park strömen.«

»Woher wissen Sie, was morgen in der Zeitung steht?«, fragte Moritz.

»Tja«, sagte Herr Röslein.

»Aber das heißt ja, dass ich die Zeitung mit in die Schule nehmen und meiner Lehrerin zeigen kann«, sagte Moritz.

»Tja«, sagte Herr Röslein wieder und lächelte ein, wie es Moritz schien, etwas boshaftes Lächeln.

»Sind Sie sicher?«, fragte Moritz.

»Ganz sicher«, sagte Herr Röslein. »Und nun wünsche ich dir noch einen schönen Abend. Hättest du übrigens Lust, einmal mit Alfons und mir in den Zoo zu gehen, um Cicero zu besuchen?«

»Ja, aber ich muss meine Eltern fragen«, sagte Moritz.

»Selbstverständlich«, sagte Herr Röslein. »Sag ihnen einen schönen Gruß von mir.«

Damit wandte er sich zur Treppe. Und plötzlich fiel Moritz auf, dass Herr Röslein gar nicht wie ein alter Mann ging. Er hielt sich sehr aufrecht und sprang mit seinen langen Beinen fast die Treppe hinunter.

Seltsam, dachte Moritz.

»Das ist der viele Sport«, rief Herr Röslein von unten.

»Aber ich habe doch gar nichts gesagt«, rief Moritz von oben.

»Nicht?«, fragte Herr Röslein. »Dann habe ich mich wohl geirrt.«

Moritz ging langsam in die Wohnung zurück, den Teller Kekse noch immer in der Hand. Ole und Lili hatten es sich auf seinem Bett bequem gemacht und sein Bettlaken als Segel gehisst.

»Hier kommt Proviant«, rief Moritz und stellte den Keksteller aufs Bett.

Die Kekse waren köstlich. Gerade richtig knusprig und gerade richtig süß. Moritz erzählte von dem Professor für Orangenschalen.

»Bist du sicher, dass das stimmt?«, fragte Lili.

»Es könnte stimmen«, sagte Moritz. »Und die Kekse sind wirklich besonders gut.«

Schließlich blieb nur noch ein Keks auf dem Silberteller liegen. Lili nahm den Teller in die Hand und wollte gerade nach dem Keks greifen, als sie plötzlich innehielt. »Aber guckt mal«, rief sie, »das ist ja ein Piratenschiff!«

Und tatsächlich: In der Mitte des Tellers war ein prächtiges Piratenschiff eingeprägt, mit drei großen Segeln und einer Totenkopfflagge.

»So ein Zufall!«, rief Ole.

Nein, dachte Moritz, das ist kein Zufall. Irgendetwas an diesem Herrn Röslein war wirklich sehr eigenartig.

Frau Meier,
Herr Liebermann und Moritz
wundern sich

Als Moritz am nächsten Morgen aufwachte, sprang er sofort aus dem Bett, um nachzusehen, ob die Zeitung schon da war. Und tatsächlich! Die *Neuesten Nachrichten* lagen ordentlich zusammengefaltet auf der Fußmatte. Moritz griff nach der Zeitung und zog die Tür wieder hinter sich zu.

»Was ist denn da los?«, rief Papa aus dem Bad.

»Och, ich muss nur mal was gucken«, sagte Moritz und ging ins Wohnzimmer, wo er die Zeitung auf dem Boden ausbreitete. Auf der ersten Seite sah man Fotos von einem Soldaten, der von zwei anderen Soldaten gefangen genommen worden war. Moritz blätterte weiter. Weltwirtschaftsgipfel, Steuerreform, Arbeitslosigkeit.

Schließlich kam er beim Lokalteil an, wo Neuigkeiten aus der Stadt gemeldet wurden. Und hier, auf der zweiten Seite unten, stand eine kleine Notiz. Unter der Überschrift »Überraschende Entdeckung im Stadtpark« war zu lesen: »Große Freude rief bei den Mitarbeitern des Zoologischen Instituts eine Beobachtung hervor, die sie gestern bei einem Routinerundgang im Stadtpark machten. Zum ersten Mal seit dreißig Jahren entdeckten sie ein Exemplar des ursprünglich in Birma beheimateten seltenen Parktigers. Das Kleinstsäugetier hat eine Länge von knapp zehn Zentimetern und ernährt sich vorwiegend von Blättern. Das sehr scheue Tier galt in Europa seit vielen Jahren als ausgestorben.«

Moritz lief zu Papa ins Bad. »Hör mal, was da steht«, rief er, »ich wette, Frau Meier wird staunen!«

Als er zu Ende gelesen hatte, setzte Papa sich auf den Badewannenrand. »Wahnsinn«, sagte er, »ich muss zugeben, dass ich die Geschichte vom Parktiger selbst ziemlich abenteuerlich fand.«

Moritz strahlte. »Jetzt kann keiner mehr sagen, ich hätte das nur erfunden. Und ich muss nicht noch einen Aufsatz schreiben.«

An diesem Morgen konnte es ihm nicht schnell genug gehen mit dem Anziehen. Beim Frühstück brachte er kaum drei Löffel von seinem Müsli herunter, und als Mama noch im Bad stand und sich schminkte, drängelte er sie, endlich loszugehen.

Auch Frau Meier hatte an diesem Morgen die Zeitung gelesen. Erstens war sie morgens eigentlich zu müde, um sich mit ihrem Mann zu unterhalten, und zweitens fand sie, dass Lehrer morgens wissen mussten, was in der Zeitung steht. Es konnte ja sein, dass ein Kind danach fragte.

»Du, jetzt hör dir das mal an«, sagte sie zu ihrem Mann, als sie beim Lokalteil angekommen war, und las den Artikel vor. »Hast du schon jemals etwas vom Parktiger gehört?«

»Nein«, sagte der, »aber das will natürlich nichts heißen. Zumal, wenn er seit dreißig Jahren als ausgestorben galt.«

Frau Meier schwieg. Es war schon ein sehr merkwürdiger Zufall, dass ausgerechnet gestern einer ihrer Schüler über dieses Tier geschrieben hatte. Aber sie war alt genug, um auch merkwürdige Zufälle hinzunehmen. Sie würde sich bei Moritz entschuldigen müssen. Und nicht nur sie.

Moritz rannte die Treppe hoch, als er in der Schule ankam. Die Zeitung hatte er zusammengerollt und trug sie wie ein Schwert in der Hand. Er würde es ihnen allen zeigen. Aber als er in der Klasse ankam, konnte er seine Zeitung in der Hand behalten. Seine Klassenkameraden standen mit ungläubigen Gesichtern vor der Tafel und lasen die Zeitungsnotiz, die irgendjemand ausgeschnitten und mit Tesafilm angeklebt hatte. Stefan Rabentraut las gerade laut vor: »… galt in Europa seit vielen Jahren als ausgestorben.« Da bemerkte er Moritz. »Mensch, cool, Moritz«, sagte er.

»Ich dachte gleich, dass die Geschichte stimmt.« Martin Hohwieler, der neben ihm stand, nickte eifrig. Moritz würdigte die beiden keines Blickes.

»Hallo Lili, hallo Ole«, rief er, »na, was habe ich euch gesagt?«

»Schade, dass wir ihn gestern nicht gesehen haben«, sagte Lili.

Auch in der Lokalredaktion der *Neuesten Nachrichten* herrschte Aufregung. Die Telefone klingelten ununterbrochen. Die Leser wollten mehr über den Parktiger wissen. Vor allem aber wollten sie ein Foto sehen. Der Lokalchef Josef Liebermann starrte wütend auf die winzige Notiz. Ganz nach vorne, auf die erste Seite, hätte die Geschichte gehört. Er würde grässlichen Ärger mit dem Chefredakteur bekommen. Aber erst mal würde er seine Redakteure in der Morgenkonferenz zusammenstauchen.

Die Lokalredaktion war fast vollständig versammelt. Als Liebermann den Raum betrat, verstummten die Gespräche. Hinter ihm drängelte sich der Volontär Max, der bei der Zeitung lernte, in die letzte Reihe. Dann begann die Konferenz. Normalerweise wurde der Lokalteil Seite für Seite durchgegangen, aber an diesem Morgen fragte Liebermann mit drohendem Unterton: »Wie kommt die Parktiger-Geschichte in die Zeitung?«

Schweigen.

»Wer hat es fertiggebracht, diese Geschichte auf die zweite Lokalseite ganz unten zu setzen?«

Noch immer sprach niemand. Liebermanns Wutausbrüche waren gefürchtet. Dann hörte man ein Räuspern. Es kam aus der

letzten Reihe, von Max. Max sah aus, als würde er am liebsten im Erdboden versinken, und seine Ohren waren sehr rot.

»Ich fürchte ... also, ich glaube ... ich meine ...«, stammelte er.

»Was?«, brüllte Liebermann.

»Ich habe die Meldung geschrieben«, sagte Max unglücklich.

Es wurden einige sehr unangenehme Minuten für Max und den Redakteur Heribert Hallmoser, der am Tag zuvor für den Lokalteil zuständig gewesen war. Liebermann tobte. »Da haben wir schon mal eine gute Geschichte und ihr versteckt sie auf der zweiten Seite unten. Und wo ist das Foto?«

»Welches Foto?«, fragte Hallmoser etwas einfältig.

»Eben«, brüllte Liebermann zurück. »Es gibt kein Foto. Ich will, dass morgen ein Foto vom Parktiger in unserer Zeitung erscheint.«

Weil die Stimmung so explosiv war, entging den Redakteuren zweierlei. Keiner merkte, dass der Brief, von dem der Volontär Max seine Nachricht abgeschrieben hatte, keinen Absender trug. Und keiner sprach mit Direktor Schmitt vom Zoologischen Institut, der bereits frühmorgens angerufen hatte. Er wollte sagen, dass es sich bei der Geschichte mit dem Parktiger wohl um einen Irrtum handeln müsse. Keiner seiner Mitarbeiter hatte ein solches Tier entdeckt. Aber da die Sekretärin ihn an diesem Vormittag nicht durchstellte, erfuhr niemand davon.

Moritz hatte einen großen Vormittag in der Schule. Frau Meier las die Zeitungsnotiz noch einmal vor.

»Offenbar haben wir Moritz unrecht getan«, sagte sie. »Und was lernen wir daraus?«

Die Klasse schwieg.

»Nun, vor allem, dass wir uns nie einbilden sollten, alles zu wissen. Sogar die Lehrer nicht«, sagte sie zum Abschluss und zog dabei eine Grimasse, sodass alle lachen mussten.

In der Pause stand ein großer Kreis von Klassenkameraden um Moritz und er erzählte noch einmal genau, wie er den Parktiger gefunden hatte.

»Ich gucke ihn mir gleich heute Nachmittag an«, sagte Stefan Rabentraut und Martin Hohwieler pflichtete ihm wie immer bei.

»Ich glaube nicht, dass ihr ihn findet«, sagte Moritz etwas hochmütig.

»Das werden wir ja sehen«, giftete Martin zurück.

Moritz hatte sich fest vorgenommen, an diesem Nachmittag mit Lili und Ole in den Park zu gehen. Aber als er auf dem Rückweg von der Schule dort vorbeikam, traute er seinen Augen nicht. Die Straße war abgesperrt und überall hingen rot-weiße Flatterbänder. Ganze Horden von Menschen gingen auf den breiten Spazierwegen, viele mit Fernrohren vor den Augen. In den Büschen krochen Kameramänner umher. Papa würde ihm nie erlauben, bei diesem Tohuwabohu in den Park zu gehen.

Aber als Moritz zu Hause ankam, hatte Papa andere Sorgen.

»Moritz, komm schnell rein«, begrüßte er ihn an der Tür. »Wir müssen miteinander reden.«

Moritz schmiss seinen Ranzen in die Ecke und folgte Papa ins Wohnzimmer.

»Es ist etwas passiert«, begann Papa und Moritz bemerkte, dass er anscheinend in großer Eile eine Reisetasche gepackt hatte, die jetzt offen im Wohnzimmer stand. Obenauf lag Tims Teddy.

»Was ist passiert?«, fragte Moritz.

»Oma ist die Treppe hinuntergefallen und hat sich den Fuß gebrochen«, sagte Papa. »Ich fahre heute Abend mit Tim zu ihr, um ihr zu helfen.«

»Wie lange bleibst du?«, fragte Moritz.

»Ein paar Tage – bis wir jemanden gefunden haben, der sie versorgen kann.«

»Und ich?«

»Tja. Wir müssen improvisieren«, sagte Papa. »Am Wochen-ende ist Mama zu Hause. Aber die nächsten beiden Nachmittage müsstest du vielleicht mit zu Ole oder Lili gehen.«

»Ole hat morgen Fußball und Lilis Mama ist immer so streng«, sagte Moritz.

Beide schwiegen einen Moment. Doch plötzlich schoss Mo-ritz ein Gedanke durch den Kopf. »Und wenn ich zu Herrn Rös-lein gehe? Er wollte sowieso mit mir in den Zoo. Vielleicht hat er ja morgen Zeit.«

Papa überlegte. Er wollte nicht aufdringlich sein. Andererseits war Herr Röslein wirklich sehr nett, und es handelte sich um eine Notsituation.

»Okay, Mama kann ihn heute Abend fragen«, sagte Papa. »Aber heute Nachmittag musst du auf Tim aufpassen, damit ich die Fahrkarten besorgen und meinen Klavierschülern absagen kann.«

»Ich wollte noch mal in den Park …«, setzte Moritz an, aber Papa unterbrach ihn: »Kommt überhaupt nicht in Frage. Hast du gesehen, was da los ist? Die Leute sind wie toll und verrückt hinter dem Parktiger her.«

Und damit hatte er recht. Im Stadtpark rannten sich die Leute gegenseitig über den Haufen. Alle suchten den Parktiger: in den Büschen, unter den Sträuchern, auf den Bäumen. Aber niemand fand ihn. Nicht die leiseste Spur eines Parktigers, so viel sie auch wühlten. Dafür verkaufte die kleine rothaarige Frau, die mit ihrem bunten Eiswagen am Rand des Parks stand, so viel Eis wie sonst im ganzen Jahr nicht. Pippa Cornelius ging an diesem Abend sehr zufrieden nach Hause. Ganz im Gegensatz zu den Kameramännern. Die luden ihre Kameras wieder ein und fuhren ohne Geschichte in ihre Sender zurück. Für sie war die Sache klar: Wenn es kein Bild gab, gab es keinen Bericht.

Auch bei den *Neuesten Nachrichten* wurde der Bericht über den Parktiger an diesem Abend aus der Zeitung genommen. Es gab kein Foto. Und obwohl Josef Liebermann persönlich den gesamten Tag telefoniert hatte, konnte ihm niemand etwas über den Parktiger sagen. Die Experten vom Zoologischen Institut waren nicht auffindbar, was daran lag, dass sie sich mitsamt Direktor Schmitt seit dem Mittag auf einem Betriebsausflug in der Klosterbrauerei befanden. Liebermann beschloss, auf weitere Berichte über das Tier zu verzichten. Irgendetwas an dieser Sache kam ihm verdammt komisch vor. Und sein Gefühl trog ihn fast nie.

Moritz stand am frühen Abend vor Herrn Rösleins Wohnungstür und klingelte zum dritten Mal. Aber niemand öffnete. Schließlich ging er wieder hoch und schrieb einen Zettel.

Lieber Herr Röslein, schrieb er. Sie wollten doch mit mir in den Zoo gehen. Morgen wäre es gut, weil Papa mit Tim verreisen muss und ich ganz allein bin. Haben Sie Zeit? Mit freundlichen Grüßen, Moritz

Er ging wieder hinunter und schob den Zettel durch den Briefschlitz in der Tür. Und dann, als er die Klappe schon wieder herunterfallen lassen wollte, hörte er plötzlich ein eigenartig vertrautes Geräusch. Es war sehr zart und leise und auf der Treppe hätte es niemand bemerkt. Eine Mischung aus Knurren und Mauzen, jämmerlich und rührend. Moritz schloss die Klappe leise. Er hatte gerade den Parktiger Rudi gehört.

Moritz und Herr Röslein gehen in den Zoo

An diesem Abend waren Moritz und Mama alleine zu Hause. Während sie eine Kartoffelsuppe kochte, badete er so lange, bis seine Haut schrumplig war. Er dachte darüber nach, wie es dem Parktiger wohl in Herrn Rösleins Wohnung ging. Wahrscheinlich fraß er jede Menge Rosinen und schlief den ganzen Tag. Nach dem Abendessen räumte Moritz die Teller ab und Mama legte einige Schokoladenkekse in eine Schale. Dann setzten sie sich aufs Sofa. Moritz konnte Mama endlich die ganze Geschichte von Herrn Röslein und vom Parktiger und der Zeitung erzählen. Wie er es gehofft hatte, war Mama ganz beeindruckt.

»Bist du sicher, dass das nicht einfach eine kleine Katze war?«, fragte sie.

»Ganz sicher«, antwortete er. »Ich habe schon tausendmal

kleine Katzen gesehen und das war keine kleine Katze. Es war ein Parktiger.«

»Wirklich unglaublich. Was hat denn Frau Meier dazu gesagt?«

»Die hat sich entschuldigt«, sagte Moritz und grinste.

»So etwas hätte ich in der Schule auch gerne mal erlebt«, sagte Mama und kuschelte sich in eine Wolldecke. »Noch viel lieber würde ich es nur erleben, dass mein Chef sich bei mir entschuldigt. Für seine ewige schlechte Laune und seine Ungerechtigkeit.«

»Brüllt er immer noch so viel?«, fragte Moritz.

»Ja, dauernd. Wegen jeder Kleinigkeit. Dann kriegt er einen roten Kopf und sieht aus, als ob er gleich platzen würde. Er heißt Hüberich. Aber wir nennen ihn nur den Wüterich.«

»Vielleicht platzt er ja wirklich irgendwann«, sagte Moritz. »Dann können wir doch noch in Urlaub fahren.«

»Wohl eher nicht«, sagte Mama. »Aber jetzt erzähl mir mal, was mit diesem Stefan Rabentraut los ist.«

Moritz wollte ihr nicht sagen, dass er kurz davor war, sich mit Stefan Rabentraut zu prügeln. Also antwortete er nur: »Ich weiß nicht, was mit ihm los ist, und es ist mir auch egal. Jedenfalls ist er dumm und gemein. Zum Glück habe ich ja Lili und Ole.«

In diesem Moment klingelte es. Mama stand auf und ging zur Tür, Moritz hinterher. Im Flur stand Herr Röslein, der ungeheuer gut gelaunt »Guten Abend« wünschte.

»Guten Abend«, sagte auch Mama. »Wollen Sie einen Moment hereinkommen?«

»Leider habe ich heute noch eine Einladung«, sagte Herr Röslein, aber er trat in den Flur. Und jetzt bemerkte Moritz, dass er einen dunklen Abendanzug trug, der über und über mit glänzenden schwarzen Sternen bestickt war. Am liebsten hätte er mal darübergestrichen, so edel und glatt sah der Stoff aus.

»Du darfst ihn ruhig mal anfassen«, sagte Herr Röslein. »Ich habe ihn von meinem Freund En-Li zum letzten Geburtstag geschickt bekommen. Es ist ein Anzug aus besonders dicker Seide, die nur im äußersten Norden Chinas gesponnen wird.«

Moritz strich über die Jacke und zu seinem Erstaunen fühlte sie sich nicht glatt und kühl an, wie er es erwartet hatte, sondern warm und weich wie Watte.

»Erstaunlich, nicht wahr? Und sie wärmt ganz kolossal.«

Moritz nickte.

Herr Röslein wandte sich an Mama: »Moritz hat mir geschrieben, dass sein Papa verreist ist und wir morgen in den Zoo gehen könnten.«

»Ja«, sagte Mama, »ich kann im Moment leider unmöglich freinehmen. Und die nächsten beiden Nachmittage ist Moritz sozusagen unversorgt.«

»Das trifft sich gut«, sagte Herr Röslein. »Ich bin morgen mit meinem Freund Alfons Meyerbeer für den Zoo verabredet. Und übermorgen Nachmittag hatte ich sowieso noch nichts vor. Vielleicht könnten Moritz und ich Sie von der Arbeit abholen?«

Mama schien sich nicht ganz sicher zu sein, ob sie Herrn Röslein wirklich ihren Chef zumuten sollte. Aber schließlich sagte sie: »Das ist sehr nett von Ihnen. Und wenn Sie mögen, können Sie mich gerne abholen. Mein Chef ist allerdings manchmal etwas unfreundlich.«

»Oh, das kriegen wir schon hin«, sagte Herr Röslein vergnügt. »Vielleicht ist ihm bisher nur noch nicht aufgefallen, dass er auch freundlich sein könnte.«

Mama sah ihn erstaunt an. »Wie meinen Sie das?«

»Es gibt Leute, die schon so lange unfreundlich sind, dass sie sich gar nicht mehr daran erinnern, wie es ist, nett zu sein. Man muss sie wieder darauf bringen.«

»So habe ich es noch nie gesehen«, sagte Mama.

»Macht nichts«, entgegnete Herr Röslein. »Ich bin ja auch etwas älter als Sie.«

Mama lachte. »Das stimmt. Also, dann kommt Moritz zu Ihnen, wenn er seine Hausaufgaben gemacht hat.«

»Einverstanden«, sagte Herr Röslein und gab ihr die Hand. »Ich freu mich«, sagte er zu Moritz gewandt. »Und ich wette, Alfons freut sich auch. Bis morgen dann.«

»Bis morgen«, sagte Moritz und schaute ihm hinterher, wie er mit schnellen Schritten die Treppe hinunterging.

»Ein erstaunlicher Mann, dieser Herr Röslein«, sagte Mama. »Usi hat mir schon von ihm erzählt, als wir hier eingezogen sind. Er ist wohl viel auf Reisen. Was macht er eigentlich beruflich?«

»Ich glaube, er arbeitet nicht mehr«, sagte Moritz. »Jedenfalls hat er tagsüber viel Zeit.«

»Zu unserem Glück«, sagte Mama und scheuchte ihn ins Bett.

Am nächsten Tag standen sie etwas früher auf als sonst. Es war seltsam ruhig in der Wohnung, so ganz ohne Papa und Tim. Die beiden hatten abends noch angerufen, um zu sagen, dass sie gut angekommen waren. Papa hoffte, dass er schnell jemanden finden würde, der Oma für eine Weile versorgte. Moritz hatte vom Bett aus durch die offene Tür gehört, wie Mama lange mit Papa geredet hatte. Zum Schluss hatte sie sogar ein paarmal gelacht. Er fühlte sich etwas erleichtert, aber das mulmige Gefühl in seinem Bauch war noch nicht weg. Was war, wenn die beiden immer öfter stritten und dann vielleicht in verschiedene Wohnungen zogen, so wie die Eltern von Clara und Philip? Einmal hatte er Mama gefragt, ob das bei ihnen auch passieren könnte. Da hatte sie nur gelacht und gesagt: »Wenn der Papa weggeht, gehen wir einfach mit!« Damit war für sie das Thema erledigt. Aber Moritz dachte öfter darüber nach.

Mama zeigte Moritz, wie er sich die Kartoffelsuppe warm machen musste, die sie vom Abendessen übrig behalten hatten. »Und schneid dir ein Würstchen rein!«

Nach der Schule ging er sofort nach Hause, ohne wie sonst noch mit Lili und Ole zu sprechen. An der Ecke des Lindenrings sah er wieder den bunten Eiswagen, und als er näher kam, hörte er, wie Pippa Stefan Rabentraut erklärte, warum er bei ihr kein Eis bekomme.

»Ich verkaufe nur an Leute, die ich mag«, sagte sie mit weicher Stimme, »und dich mag ich leider nicht. Vielleicht kommst du

wieder, wenn du deine Mitschüler etwas netter behandelst.«

»Ich bin sehr nett zu meinen Mitschülern«, versicherte Stefan Rabentraut.

»Ach ja?«, fragte Pippa. »Wenn du es nett findest, andere auszulachen und zu verprügeln, dann scheinen wir verschiedene Ideen vom Nettsein zu haben. Aber da ich das Eis verkaufe, gilt hier meine Idee.«

Moritz hätte das Gespräch gerne noch etwas länger verfolgt, zumal etliche seiner Klassenkameraden hinter Stefan standen und feixend zuhörten, was Pippa zu sagen hatte. Aber Moritz wollte möglichst schnell nach Hause und mit dem Essen und den Hausaufgaben fertig werden.

Es war wirklich komisch, in eine leere Wohnung zu kommen. Natürlich war Moritz schon manchmal alleine zu Hause geblieben. Aber er war noch nie alleine nach Hause gekommen. Das Seltsamste war, dass sich nichts verändert hatte, seit Mama und er morgens gegangen waren. Mamas Kaffeetasse stand schmutzig im Abwasch und auf dem Tisch lagen noch die Krümel vom Frühstück. Moritz holte die Suppe und die Würstchen aus dem Kühlschrank und wärmte sie auf.

Nach dem Essen setzte er sich an seinen Schreibtisch und nahm sein Matheheft heraus. Aber was war das? Moritz traute seinen Augen nicht. Hinter jeder Aufgabe stand die Lösung. Moritz klappte das Heft zu. Das konnte einfach nicht sein. Wahrscheinlich hatte er sich mit der Seite vertan.

Er schlug die Seite wieder auf. Es waren die Aufgaben, die er von der Tafel abgeschrieben hatte. Und dahinter stand in seiner eigenen Schrift das Ergebnis. Schnell rechnete er eine Aufgabe nach. Sie stimmte. Moritz merkte, wie ihm ein Schauer über den Rücken lief. Plötzlich wollte er dringend weg aus der leeren Wohnung.

Und da die Hausaufgaben ja nun fertig waren, sprach nichts dagegen, sofort zu Herrn Röslein … Moritz stutzte. Natürlich, Herr Röslein. Moritz konnte sich zwar nicht vorstellen, wie Herr Röslein es fertiggebracht hatte, die Matheaufgaben zu machen. Aber er traute es ihm ohne Weiteres zu. Aber wie sollte er ihn danach fragen? »Herr Röslein, haben Sie meine Hausaufgaben gemacht?« Moritz musste selber grinsen, wenn er daran dachte. Er beschloss, die Sache für den Moment einfach so zu nehmen, wie sie war. Er holte seine Jacke, schloss die Wohnungstür von außen ab und hängte sich den Schlüssel an einem breiten Band um den Hals. Dann stieg er die Stufen zu Herrn Rösleins Wohnung hinunter.

Als Herr Röslein die Tür aufmachte, trug er schon einen Mantel aus weicher brauner Wolle über seinem schwarzen Anzug und hielt einen kleinen Rucksack in der Hand. Er war aus vielen bunten Samtflecken genäht und hatte vorne eine kleine Tasche aus grauem Samt, die einen Elefantenkopf darstellte. »Hallo, Moritz«, sagte er und zwinkerte ihm zu, »schön, dass du so schnell mit den Hausaufgaben fertig warst. So haben wir etwas mehr Zeit für den Ausflug.«

Moritz machte schon den Mund auf, um Herrn Röslein nach den Matheaufgaben zu fragen, als dieser fortfuhr: »Es wäre nett, wenn du den Rucksack tragen könntest.«

Moritz nahm den Rucksack. Er war ganz leicht und es schepperte und klirrte leise, als er ihn sich auf den Rücken zog. »Was ist denn da drin?«, fragte er und Herr Röslein antwortete vage: »Oh, so dies und das.« Dann gingen sie.

Auf dem Weg zum Zoo erzählte Moritz Herrn Röslein, was in der Schule los gewesen war und wie sich Frau Meier bei ihm entschuldigt hatte.

»Hat sie das?«, fragte Herr Röslein. »Sie scheint eine vernünftige Person zu sein.«

»Und natürlich muss ich jetzt nicht noch einen zweiten Aufsatz schreiben«, sagte Moritz.

»Natürlich nicht«, sagte Herr Röslein und nickte.

Als sie am Zoo ankamen, hatte sich vor dem Eingang eine lange Schlange gebildet. Direkt neben der Kasse stand ein kugelrunder kleiner Mann mit einem schwarzen Schnurrbart, der ihnen strahlend entgegenlief, so schnell es seine kurzen Beine erlaubten. »Hallo«, rief er, »wie schön, euch zu sehen!«

Er blieb vor ihnen stehen und nahm Herrn Rösleins Hand in beide Hände, um sie ausgiebig zu schütteln.

»Danke, dass du dir die Zeit nimmst, Leopold«, sagte er. Dann wandte er sich Moritz zu. »Und du musst Moritz sein – ich habe schon so viel von dir gehört. Meyerbeer mein Name, Alfons Meyerbeer.« Moritz nahm seine kleine runde Hand und sagte: »Guten Tag, freut mich sehr.«

Alfons Meyerbeer hatte bereits Eintrittskarten gekauft und so liefen sie an der Schlange vorbei zum Eingang. Der Wärter nahm ihre Karten in die Hand, um sie abzureißen, und blickte dann auf. »Herr Meyerbeer!«, rief er. »Wie gut, dass Sie kommen. Cicero ist krank. Er frisst nicht und liegt nur noch in seinem Gehege. Wir wollten schon bei Ihnen anrufen.«

»O mein Gott«, sagte Alfons Meyerbeer.

Herr Röslein legte ihm eine Hand auf den Arm.

»Reg dich nicht so auf, Alfons«, sagte er, »das letzte Mal war es nur ein verschluckter Pflaumenkern.«

»Ich weiß«, sagte Herr Meyerbeer. »Aber ich liebe ihn so sehr.« Und schon kullerte eine einzelne Träne über seine Wange.

Moritz konnte kaum Schritt halten, so schnell liefen die beiden Herren jetzt durch den Zoo in Richtung Elefantengehege.

»Es stimmt also wirklich, dass Cicero bei Ihnen gewohnt hat?«, fragte er Alfons Meyerbeer, schon etwas außer Atem.

»Ja«, sagte der. »Und ich vermisse ihn immer noch ganz fürchterlich. Ich bekomme zwar ermäßigten Eintritt hier und gehe ihn oft besuchen, aber es ist einfach nicht dasselbe.«

Schließlich kamen sie am Elefantengehege an. Es sah aus wie ein Gebäude aus dem Märchen, mit goldenen Kuppeln und Türmchen. Draußen liefen einige Elefanten durch das sandige Gehege, andere spritzten sich gegenseitig mit Wasser aus dem Teich nass.

»Cicero ist wirklich nicht dabei«, sagte Alfons Meyerbeer beunruhigt. »Dabei macht er um diese Zeit immer seine Nachmittagsgymnastik.«

Sie bogen um die Ecke und standen vor der Tür zum Innengehege. Von drinnen hörte man lautes Trompeten. Alfons Meyerbeer stieß die Holztür auf und eilte hinein. Und gleich hier vorne im ersten Käfig lag ein brauner Elefant auf dem Boden und sah sie vorwurfsvoll an. Er hob seinen Rüssel und trompetete ohrenbetäubend laut. So laut, dass Moritz sich die Ohren zuhielt und fast verpasst hätte, was dann passierte. Der Elefant hob seinen rechten Vorderfuß und durch das Gehege schallte laut und deutlich: »Hallo, Alfons«.

Ein Elefant wird
nach Hause gebracht

»Hallo, Cicero«, antwortete Alfons Meyerbeer, während Moritz mit offenem Mund dastand und die beiden anstarrte. Der Elefant kam langsam auf die Vorderbeine und hob schließlich den ganzen Körper, bis er stand. Dann trottete er zum Zaun und tätschelte Alfons Meyerbeer mit dem Rüssel den Rücken. Der strich behutsam über die großen Elefantenohren und begann, so leise mit Cicero zu sprechen, dass Moritz nichts mehr verstand.

»Der Elefant hat gesprochen«, sagte Moritz zu Herrn Röslein, noch immer völlig verblüfft.

»O ja, natürlich«, sagte Herr Röslein. »Er musste Alfons doch begrüßen.«

»Elefanten sind doch keine Papageien«, sagte Moritz.

»Nein, das sind sie nicht. Aber sie können ohne Weiteres unsere Sprache lernen, wenn sie mit Menschen zusammenleben«, sagte

Herr Röslein. »Allerdings hast du ja bereits ganz richtig festgestellt, dass das eher selten vorkommt. Deswegen kann man sich auch nur mit wenigen Elefanten so gut unterhalten wie mit Cicero.«

Aus der Richtung von Cicero und Alfons Meyerbeer war jetzt hin und wieder ein leises Trompeten zu hören, das fast wie ein Schluchzen klang. Und schließlich ertönte herzzerreißend lautes Weinen. Es kam von Alfons Meyerbeer, der ein großes weißes Taschentuch herausgezogen hatte und sich die Augen wischte. Herr Röslein ging zu den beiden hinüber. Cicero ließ den Kopf hängen und schlug mit dem Rüssel immer hin und her, während er leise Klagelaute von sich gab. Alfons Meyerbeer wurde von heftigem Weinen geschüttelt.

Herr Röslein strich über seinen Arm und fragte:

»Was ist denn, Alfons?«

Von Schluchzern unterbrochen, erzählte Alfons Meyerbeer, was geschehen war. Die Elefantendame Gretchen, von Cicero heiß verehrt, war vor ein paar Tagen zurück in die afrikanische Steppe zu ihrer Familie gebracht worden. Und Cicero vermisste sie so sehr, dass er nicht mehr essen und nicht mehr schlafen konnte.

»Cicero sagt«, Herr Meyerbeer konnte vor Kummer kaum weitersprechen, »er will nicht mehr leben, wenn er Gretchen nicht wiedersehen kann.«

Das war nun allerdings schrecklich.

Moritz merkte, wie er selber ganz traurig wurde. Herr Röslein war in tiefes Nachdenken versunken. Es war das erste Mal, dass Moritz ihn nicht lächeln sah.

»Nun, Alfons«, sagte er schließlich, »ich weiß, dass du dich nur ungern von Cicero trennst, aber du möchtest doch gewiss nicht, dass er so unglücklich bleibt.«

»Nein«, sagte Alfons Meyerbeer, dessen Augen schon ganz rot geweint waren.

»Ich denke, wir sollten Cicero zu Gretchen bringen«, sagte Herr Röslein.

Cicero trompetete laut. »Das würdest du für uns tun, Leopold?«, fragte Alfons Meyerbeer.

»Es wird nicht ganz einfach«, sagte Herr Röslein.

»Und es muss unter uns bleiben«, fügte er an Moritz gewandt hinzu. »Kannst du ein Geheimnis für dich behalten?« Moritz nickte. »Dann gib mir bitte den Rucksack.«

Moritz nahm den Rucksack von der Schulter, aus dem jetzt nicht nur ein Klirren, sondern auch ein leises Knurren zu hören war.

»Was ist denn da drin?«, fragte er noch einmal.

»Tja, was meinst du?«, fragte Herr Röslein zurück.

»Es hört sich an wie Rudi, aber …«, sagte Moritz.

»Stimmt«, unterbrach ihn Herr Röslein. »Rudi ist es hier im Winter zu kalt und ich hatte ihm versprochen, ihn ins Warme zu bringen. So wie es aussieht, können wir ihn gleich mitnehmen, wenn wir Cicero zu Gretchen bringen.«

Herr Röslein nahm den Rucksack und öffnete ihn. Er holte ein dunkelgrün schimmerndes Tuch heraus, das über und über mit goldenen Sonnenblumen bestickt war. Dann griff er wieder hinein und hielt eine grüne Glasflasche in der Hand, nicht größer als die Flasche mit Nasentropfen, die bei Moritz im Badezimmerschrank stand. Als Drittes holte er einen silbernen Salzstreuer aus dem Rucksack. Und – Rudi. Der kleine Tiger saß auf Herrn Rösleins Hand und maunzte jämmerlich.

»Ist ja gut, Rudi«, sagte Herr Röslein. »Brauchst keine Angst zu haben. Kannst du ihn mal nehmen?«, fragte er Moritz.

Im nächsten Moment hielt Moritz den kleinen Tiger in der Hand. Sein Fell war gesträubt und er machte einen Buckel. Moritz streichelte ihn vorsichtig mit dem Zeigefinger. Allmählich beruhigte Rudi sich.

Herr Röslein hatte das Tuch mittlerweile ausgebreitet. Eine Ecke knotete er um Ciceros Rüssel, den Rest ließ er über das Gitter hängen.

»Ihr müsst jetzt herkommen«, sagte er zu Moritz und Alfons Meyerbeer. Die beiden traten näher, Moritz noch immer mit Rudi auf der Hand, der sich unter seinen Finger schmiegte.

»Jeder von uns nimmt eine Ecke des Tuchs in die Hand«, erklärte er. »Wenn ich das Öl verteilt habe und den Salzstreuer benutze, müssen wir alle zusammen folgenden Satz sagen: ›Liebes Salz, bring uns ganz weit, achte nicht auf Raum und Zeit.‹ Könnt ihr das bitte wiederholen?«

Alfons und Moritz sprachen den Satz.

»Ihr müsst es euch einprägen, wir haben nur einen Versuch«, sagte Herr Röslein. Moritz spürte, wie sein Magen flatterte. Herr

Röslein drückte ihnen je eine Ecke des Tuchs in die Hand und hielt die vierte Ecke selbst.

»Seid ihr bereit?«

Moritz und Alfons Meyerbeer nickten, Cicero hob seinen Rüssel. Herr Röslein murmelte etwas Unverständliches und ver-

teilte dabei das Öl auf dem Tuch. Dann nahm er den Salzstreuer in die Hand und begann, ihn auf und ab zu bewegen, als verstreue er etwas. Schließlich nickte er Alfons und Moritz zu. »Liebes Salz, bring uns ganz weit, achte nicht auf Raum und Zeit …«

Plötzlich schossen wilde Blitze aus dem Salzstreuer und Moritz hatte das Gefühl, als hebe ihn etwas mit Gewalt in die Luft. Alles wurde dunkel. Er schloss die Augen und spürte einen eisigen Windhauch, dann wurde es heiß und er fiel mit einem Ruck auf den Boden. Als er die Augen öffnete, blendete ihn die Sonne. Unter seinen Händen spürte er trockenes Gras. Moritz setzte sich auf. Wo war Rudi?

Vorsichtig sah Moritz sich um. Er saß in der gleißenden Sonne im Gras und in der Ferne konnte er schemenhaft eine Elefantenherde erkennen. Neben sich hörte er einen lauten Schrei. Erschrocken drehte er sich um, aber es war nur Alfons Meyerbeer, der auf den Po gefallen war. Herr Röslein landete auf den Beinen und klopfte sich etwas Staub von seinem Anzug und gleich darauf plumpste Cicero mit lautem Trompeten auf die Erde. Schließlich hörte Moritz ein leises Maunzen und Rudi landete mit einem zierlichen Sprung wieder auf seiner Hand.

»Na, das ging ja ganz gut«, sagte Herr Röslein und half Alfons Meyerbeer auf die Beine.

»Von meinem Po mal abgesehen«, sagte der. Beide schauten sich aufmerksam um.

»Wo ist Gretchen?«, fragte Herr Röslein und drehte sich zu Cicero um. Der wies mit seinem Rüssel auf die Elefantenherde, die unter einem Baum mit breit ausladenden Ästen Schatten suchte.

»Könntest du uns freundlicherweise auf deinen Rücken nehmen, um uns den weiten Weg zu ersparen?«, fragte Herr Röslein.

Cicero antwortete, indem er zuerst die Hinterbeine einknickte, sich hinunterließ und dann die Vorderbeine einklappte.

»Komm, Moritz«, sagte Herr Röslein. »Ich nehme dich vor mich.«

Moritz kletterte auf den rauen und etwas stoppeligen Elefantenrücken und Herr Röslein hielt ihn mit erstaunlich starken Armen fest. Alfons Meyerbeer hatte etwas Mühe, mit seinen kurzen Beinen auf den Elefantenrücken zu klettern, und ließ sich von Moritz und Herrn Röslein hochziehen. Rudi hatte sich unterdessen an Moritz' Jacke festgekrallt. Als alle oben waren, erhob sich der Elefant und lief in seinem schaukelnden Gang auf die Herde zu.

Es war furchtbar heiß. Der Himmel war hier nicht blau wie zu Hause, sondern fast weiß. Über der Steppe flimmerte die Luft. Moritz verlor das Gefühl für die Zeit, während er auf dem schaukelnden Elefanten saß und die brennende Sonne in seinem Gesicht fühlte. Die Elefanten unter den Bäumen wurden allmählich größer und deutlicher, und als sie fast da waren, löste sich ein kleiner Elefant aus der Gruppe und rannte auf Cicero zu. Gretchen!

Für die Gruppe auf Ciceros Rücken wurde es jetzt etwas ungemütlich, denn Cicero setzte sich ebenfalls in einen leichten Trab und begann, auf Gretchen zuzulaufen. Herr Röslein fasste Moritz noch etwas fester. Schließlich standen sich die beiden Elefanten gegenüber. Und während sie ihre Rüssel umeinanderschlangen und kleine Geräusche der Freude vor sich hin trompeteten, löste sich aus den Augen des Elefantenfräuleins eine große Träne. Hinter Moritz schniefte es vernehmlich. Alfons Meyerbeer vergoss Tränen der Rührung.

»Na, na, Alfons«, sagte Herr Röslein, aber auch seine Stimme klang belegt.

Nachdem sich die erste Wiedersehensfreude gelegt hatte, kletterten die Freunde vom Elefantenrücken.

»Wir müssen noch einen Platz für Rudi finden«, sagte Herr Röslein. »Einen Platz, an dem er nicht von den Elefanten zertreten wird.«

Rudi war mit einem zierlichen Satz von Moritz' Hand gesprungen und saß jetzt auf Herrn Rösleins Schulter. Er maunzte unablässig vor sich hin.

»Hm … hm, hm«, hörte Moritz Herrn Röslein sagen. »Na ja … wenn du meinst.«

Herr Röslein dachte einen Augenblick nach. »Rudi möchte lieber wieder zurück in den Zoo, hier ist es ihm zu heiß. Er meint, im Nachttierhaus bei den Springmäusen könnte es ihm gefallen«, sagte er dann.

»Du kannst es ja mal versuchen«, sagte Alfons Meyerbeer. »Mir scheinen das hier auch keine guten Bedingungen für einen Parktiger zu sein.«

Es war Zeit für den Abschied. Alfons ging zu Cicero, der immer noch auf der Erde kniete, und schlang seine Arme, so weit er konnte, um den dicken Hals des Elefanten. »Leb wohl, Cicero«, sagte er. »Ich wünsche dir, dass du glücklich wirst. Und vergiss mich nicht ganz.« Cicero nickte. »Ich werde dich hin und wieder besuchen kommen«, sagte Alfons Meyerbeer. »Vielleicht habt ihr ja dann kleine Elefanten.«

Herr Röslein hatte das Tuch bereits wieder ausgebreitet und alle drei nahmen einen Zipfel in die Hand. Rudi steckte in Herrn Rösleins Jackentasche. Herr Röslein verteilte das Öl und nahm den Salzstreuer in die Hand. »Liebes Salz, bring uns ganz weit, achte nicht auf Raum und Zeit …«, murmelten sie zusammen und wieder fühlte Moritz sich mit einem Ruck hochgehoben. Es wurde kälter und kälter und diesmal landete er auf den Beinen: genau vor dem Eingang zum Nachttierhaus.

Die Leute um ihn herum nahmen keine Notiz von dem kleinen Jungen und den zwei Männern, die wie aus dem Nichts aufzutauchen schienen. Ohne nach links oder rechts zu gucken, strebten sie dem Eingang zu. »So sind die Leute«, sagte Herr Röslein kopfschüttelnd, »es können die eigenartigsten Dinge geschehen und sie merken es nicht einmal.«

Es dämmerte schon und sie hatten nicht mehr viel Zeit, bevor der Zoo schloss. »Komm, Moritz, wir bringen Rudi nach unten«, sagte Herr Röslein. Im Nachttierhaus war es noch dunkler und Moritz brauchte eine Weile, bis sich seine Augen daran gewöhnt hatten. Er lief hinter Herrn Röslein her, der das Springmausgehege suchte. Schließlich blieb er vor einer großen Scheibe stehen.

»Keine schlechte Wahl«, sagte Herr Röslein. Vorne im Gehege lagen einige Zweige auf dem Sandboden, in die Ecke war ein kleiner Teich gebaut worden und hinten gemütliche Höhlen aus Ästen und Gras.

»Wie wollen Sie Rudi da hineinbekommen?«, fragte Moritz.

»Das geht schon«, antwortete Herr Röslein. Er trat nah an die Scheibe, nahm den kleinen Tiger aus seiner Tasche und hielt ihn dicht davor. Dann flüsterte er ihm noch etwas ins Ohr und murmelte einige unverständliche Worte. Für einen Moment schien es Moritz, als ob der Tiger mit der Glasscheibe verschmelze, im nächsten Augenblick saß er im Gehege.

»Tschüs, Rudi«, sagte Moritz und winkte. Der kleine Tiger schaute ihn an, hob ganz langsam seine winzige Tatze und winkte zurück. Dann verschwand er mit einem Satz im Gestrüpp.

»Na, die Springmäuse werden sich wundern«, sagte Herr Röslein. »Aber Rudi kommt eigentlich mit allen Tieren gut aus.«

Moritz antwortete nicht. Er war müde und hungrig. Eigentlich wollte er nur noch nach Hause. Er fühlte sich wie am Ende einer langen Reise.

»Aber das bist du ja auch«, sagte Herr Röslein und griff noch einmal in den Rucksack. »Hier hast du ein Stück Rosinenschokolade.«

Moritz nahm die Schokolade und ließ sie langsam im Mund schmelzen. Alfons Meyerbeer lief schweigend neben ihnen zum Ausgang.

»Glaube mir, es ist besser so, Alfons«, sagte Herr Röslein. »Das war doch kein Leben für ihn.«

Alfons Meyerbeer sah ihn mit roten Augen an und tätschelte seine Schulter. »Danke«, sagte er. Und dann fing er plötzlich an zu kichern. »Jetzt stell dir mal vor, wie sie heute Abend ins Gehege kommen und sich fragen, wo Cicero ist.«

Moritz musste grinsen. Was für eine Aufregung! Herr Röslein lachte ebenfalls. »Irrtum, Alfons«, sagte er dann. »Sie werden sich nicht erinnern, dass Cicero jemals da war.«

Moritz und Herr Röslein machen einen Ausflug

Auf dem Weg nach Hause waren alle drei schweigsam. Es war ein langer und sehr anstrengender Nachmittag gewesen. Kurz bevor sie da waren, verabschiedete sich Alfons Meyerbeer von Moritz und strich ihm über den Kopf. »Es war schön, dich kennengelernt zu haben«, sagte er. »Ich hoffe, wir sehen uns mal wieder.«

»Bestimmt«, sagte Moritz und lächelte ihn an. Alfons Meyerbeer kam ihm jetzt schon vor wie ein alter Freund.

Dann wandte sich Alfons an Herrn Röslein. »Das werde ich dir nie vergessen, Leopold«, sagte er. »Ich hätte den Gedanken nicht ertragen, dass Cicero traurig und alleine in einem Zoogehege sitzt.«

»Schon gut«, antwortete Herr Röslein und gab ihm die Hand, »ich bin sicher, du hättest dasselbe für mich getan.« Sie schüttelten sich lange und feierlich die Hand. Schließlich räusperte sich Herr Röslein.»Schönen Abend, Alfons, und bis bald«, sagte er. Alfons Meyerbeer nickte. Dann drehte er sich um und ging langsam die Straße hinunter.

Moritz hätte eine Menge Fragen an Herrn Röslein gehabt. In seinem Kopf gingen die Gedanken durcheinander. Aber er war viel zu müde, um an diesem Tag noch lange Gespräche zu führen.

»Solche Reisen sind sehr anstrengend, Moritz«, sagte Herr Röslein in seine Gedanken hinein. »Du solltest heute früh zu Bett gehen.«

Moritz nickte.

»Vorher vielleicht noch ein warmes Bad und eine große Tasse heiße Schokolade«, ergänzte Herr Röslein.

Als sie vor Herrn Rösleins Tür angekommen waren, gab Moritz ihm die Hand. »Vielen Dank, dass Sie mich mitgenommen haben«, sagte er. »Es war ein schöner Nachmittag.«

»Denk daran, wir waren nur im Zoo«, sagte Herr Röslein. »Alles andere glaubt dir sowieso niemand.«

Das hatte sich Moritz auch schon überlegt. »Gehen wir morgen Nachmittag zusammen Mama abholen?«, fragte er.

»Aber ja«, sagte Herr Röslein vergnügt, »ich will doch unbedingt ihren Chef kennenlernen.«

»Ich komme dann wieder nach den Hausaufgaben«, sagte Moritz.

»Und dass du mir bloß keine einzige vergisst«, gab Herr Röslein zurück, bevor er die Tür schloss.

Oben erlebte Moritz eine Überraschung: Mama war schon
zu Hause. »Ich bin heute etwas früher gegangen«, sagte sie.
»Aber natürlich hat der Wüterich mir zu verstehen gegeben, dass
das keine Arbeitshaltung ist.« Sie verdrehte die Augen.

»Jedenfalls habe ich uns eine heiße Schokolade gekocht, weil
ich dachte, dass du nach dem Zoobesuch bestimmt durchgefro-
ren bist. Wie war es denn?«

»Schön«, sagte Moritz. »Wusstest du, dass Elefanten sprechen
lernen können?«

Mama lachte. »Dein Herr Röslein hat eine blühende Fantasie«, sagte sie.

»Er freut sich schon darauf, deinen Chef kennenzulernen«,
sagte Moritz.

»Oje«, sagte Mama. »Ich bin mir nicht so sicher, ob das gut
geht.«

Moritz ging an diesem Abend freiwillig so früh zu Bett, dass
Mama ihn besorgt fragte, ob er sich auch wohlfühle. »Alles okay«,
sagte Moritz. »Ich bin nur müde.« Mama setzte sich auf die Bett-
kante und beugte sich über ihn. »Ich weiß, dass es im Moment
ein bisschen anstrengend für dich ist. Aber Papa hat angerufen,
dass er am Wochenende zurückkommt.«

»Wer kümmert sich dann um Oma?«, fragte Moritz.

»Eine Nachbarin, die sie auch sonst öfter besucht.«

»Gut«, murmelte Moritz und merkte, dass ihm die Augen zufielen. Als Mama ihm einen Kuss gab und die Nachttischlampe ausknipste, war er schon eingeschlafen.

Am nächsten Morgen wachte Moritz früh auf, weil es draußen stürmte. Er stand auf und guckte aus dem Fenster. Der heftige Wind fegte Blätter und kleine Zweige über die Straße. Moritz hatte Sehnsucht nach Papa und Tim und freute sich, dass sie am nächsten Tag zurückkommen würden. In diesem Moment ging die Tür auf und Mama steckte ihren wuscheligen Kopf ins Zimmer. »Hey, du bist ja schon wach«, sagte sie erfreut. »Dann können wir ausnahmsweise in Ruhe frühstücken.«

Nach dem Frühstück holte sie ein Stück Papier und schrieb die Adresse ihres Büros auf. »Ihr könnt dann so gegen halb sechs kommen«, sagte sie. »Und heute Mittag machst du dir ein Brot, okay? Wir essen abends zusammen.«

An diesem Morgen erlebte Moritz eine Überraschung: Stefan Rabentraut ließ ihn in Ruhe. Er war zu beschäftigt damit, sich mit Martin Hohwieler darüber zu streiten, warum die beiden aus der Fußball-Schulmannschaft geflogen waren. Sie hatten am Morgen einen Zettel in ihrem Fach gefunden, dass sie bis auf Weiteres nicht mehr am Training teilnehmen durften.

»DU hast Felix das Bein gestellt«, brüllte Stefan Rabentraut und Martin Hohwieler jammerte zurück: »Aber DU hast Andi vor dem Tor hingeschubst.« Das Gezeter war bis auf die Treppe zu hören und endete erst, als Frau Meier die Klasse betrat und sich den Lärm verbat.

Als Moritz nach der Schule nach Hause kam, lag im Flur ein großer Zettel. Jemand hatte ihn unter der Tür hindurchgeschoben.

Lieber Moritz, stand da in einer sehr altmodischen, aber gut leserlichen Handschrift, *ich habe Buletten gebraten und Gurkensalat gemacht. Hast Du Lust, bei mir zu Mittag zu essen? Dein Leopold Röslein*

Moritz schmiss seinen Schulranzen in die Ecke und stürmte aus der Wohnung. Kaum hatte er unten geläutet, öffnete Herr Röslein ihm die Tür.

»Da bist du ja, wie schön«, rief er. »Ich hoffe, du magst Buletten.«

Moritz nickte und trat in den Flur. Er war wahnsinnig gespannt, wie Herrn Rösleins Wohnung aussah. Aber bis auf das Bündel bunter Regenschirme im Flur sah er nichts Besonderes.

»Aber hier ist ja alles ganz normal«, sagte Moritz enttäuscht.

»Warum auch nicht?«, fragte Herr Röslein zurück und guckte ihn interessiert an.

»Ich dachte, dass es bei Ihnen … Ich habe mir Ihre Wohnung irgendwie … wilder … vorgestellt«, sagte Moritz.

Herr Röslein begann zu lachen. »Wilder, was? Na ja, Cicero

wohnte schließlich bei Alfons und nicht bei mir. Und auch wenn ich vielleicht etwas ungewöhnlich bin, habe ich es trotzdem gerne nett.«

Und nett hatte er es, das stand fest. In seinem Wohnzimmer stand ein weiches dunkelgrünes Samtsofa mit einer altmodischen hohen Lehne und davor lag ein großer, bunt gewebter Teppich. Auf dem Esstisch lag ein blau kariertes Tischtuch und darauf stand eine Vase mit kleinen weißen Blumen und Geschirr für zwei. Moritz spürte seinen knurrenden Magen.

»Sollen wir essen?«, fragte Herr Röslein.

Es war ein großartiges Mittagessen. Die Buletten waren Weltklasse und Moritz aß fünf Stück, außerdem einen Haufen Kartoffelbrei und Gurkensalat. Herr Röslein erzählte ihm von seinen Reisen nach China und Südamerika und draußen heulte immer noch der Sturm ums Haus.

Als sie fertig waren, sagte Herr Röslein: »Zum Nachtisch lade ich dich auf ein Eis zu Pippa Cornelius ein.«

»Müssen wir raus?«, fragte Moritz.

»Ja, aber wir fahren mit dem Bus«, sagte Herr Röslein.

»Hier fährt doch gar kein Bus«, entgegnete Moritz.

»Heute schon«, sagte Herr Röslein.

Beide zogen sich dick an und wickelten sich einen Schal um den Hals. Dann traten sie vor die Tür. Der Wind wirbelte Blätter und Papier über die Straße und der Himmel war dunkel. Von ferne sah Moritz die Lichter eines Busses ziemlich schnell näher kommen. Er war himmelblau gestrichen, mit einer breiten silbernen Kante.

»Ah, da kommt ja schon unser Bus«, sagte Herr Röslein, während das Fahrzeug mit abruptem Bremsen neben ihnen zum Stehen kam. Der Bus war leer. Sie stiegen ein und begrüßten den grimmig dreinschauenden Fahrer.

»Guten Tag, Timot«, sagte Herr Röslein, »wir wollen zu Pippa Cornelius.«

»Weiß schon, weiß schon«, antwortete Timot düster.

»Setzt euch hin, wir müssen uns beeilen.«

Sie fielen fast in die silbernen Sitze, so schnell fuhr Timot los. Die Häuser und Straßen verschwammen hinter den Scheiben und nach einigen Minuten gab Moritz es auf, erkennen zu wollen, wo sie waren.

»Timot ist immer furchtbar in Eile, weil sie auf der Linie 3 Personal abgebaut haben«, sagte Herr Röslein. »Aber du brauchst dir keine Sorgen zu machen – er fährt sehr sicher.«

Schließlich wurde der Bus wieder langsamer. Draußen wurde es von Minute zu Minute dunkler. Schwere graue Wolken hingen am Himmel und ließen kein Licht mehr durch. Sie waren in einer Gegend der Stadt, die Moritz noch nie gesehen hatte. Hier waren die Häuser niedrig und alt und schmiegten sich eng aneinander. Nur einige Straßenlaternen warfen gelbes Licht auf die Straße, die mit alten Steinen gepflastert war.

»Wo sind wir?«, fragte Moritz.

»Oh, das ist die Graue Vorstadt«, sagte Herr Röslein. »Pippa hat sich nicht gerade die beste Gegend für ihren Eisladen ausgesucht, aber sie hat hier eine Menge Kunden.«

Der Bus hielt mit einem Ruck an.

»Bis später, Timot«, rief Herr Röslein beim Aussteigen, aber Timot winkte ihm nur zu. Dann standen sie auf der Straße.

»Es weht gar kein Wind mehr«, sagte Moritz.

»Der Wind hält sich hier raus«, sagte Herr Röslein, »und

selbst die Sonne schaut nur selten vorbei.« Moritz und Herr Röslein bogen um die nächste Ecke und standen in einer Gasse, die
noch düsterer war als die Straße. Hier leuchteten nur noch einige
Lampen an den Häusern. Vor ihnen lief ein alter Mann, der sich
eine dicke Wolldecke um den Oberkörper geschlungen hatte
und mühsam ein Bein nachzog.

»Mir ist es hier etwas unheimlich«, flüsterte Moritz.

»Du brauchst keine Angst zu haben«, sagte Herr Röslein.
»Erstens bin ich bei dir und zweitens sind wir gleich da.« Er zeigte auf einen Lichtschein ganz hinten in der Gasse. Der Laden
von Pippa Cornelius lag zwischen zwei Häusern, die so schief
standen, als stürzten sie gleich ein. Auf einer großen Fenster-
scheibe stand in leuchtend rosa Buchstaben: »Pippa Cornelius.
Eis für jede Stimmungslage«.

Moritz und
Herr Röslein essen Eis

Pippa Cornelius war so klein und zart, dass es Moritz so vorkam, als schwebe sie durch den Laden. Sie war ganz und gar in Rosa gekleidet: rosa Hemd, rosa Jeans und sogar rosa Lederschuhe. Ihre Haare waren zu einem dicken Knoten im Nacken gebunden und ihre Augen leuchteten grün.

»Leopold, wie reizend«, rief sie mit singender Stimme. »Ich wusste, dass du kommen würdest!«

Dann wandte sie sich Moritz zu. »Du musst Moritz sein«, sagte sie. »Alfons Meyerbeer hat mir von eurem Zooausflug erzählt. Er war gestern noch hier, um sich mit einem Eis zu trösten.«

»Und, hat es geklappt?«, fragte Herr Röslein.

»Ja, aber ich brauchte eine Extraportion Butter und Schokolade, um ihn wieder fröhlich zu machen«, sagte Pippa.

Es war weit und breit keine Eistheke zu sehen, dafür stand auf einem alten Tisch eine Küchenwaage mit einer großen Skala.

»Komm her, Moritz«, sagte Pippa Cornelius. »Wollen mal sehen, welches Eis wir für dich aussuchen können.«

Sie nahm Moritz' Hand und legte sie auf die Wiegefläche der Küchenwaage. Dann schaute sie aufmerksam auf die Skala. »Gar nicht so einfach«, sagte sie. »Du bist etwas aufgeregt und ängstlich, aber auch sehr neugierig. Außerdem ist dir kalt. Ich denke, eine Honigwurzel-Schwarzmeer-Eiscreme mit einem Hauch Nelke könnte dir guttun.«

Bevor Moritz sagen konnte, dass er viel lieber ein Schokoladeneis hätte, war Pippa hinter einem glänzenden hellgrünen Vorhang verschwunden. Als sie wiederkam, hielt sie eine duftende hellbraune Waffel mit einer gewaltigen Eiskugel darauf in der Hand.

»Bitte«, sagte sie und wandte sich Herrn Röslein zu. »Und du, Leopold? Lass mal sehen.«

Herr Röslein legte seine Hand auf die Waage. Pippa guckte auf die Skala. »Ich glaube, Leopold«, sagte sie ernst, »du hast mir noch nicht die ganze Wahrheit über diesen Nachmittag erzählt. Sag mir lieber vorher, wen du heute noch triffst.«

Herr Röslein begann zu lachen. »Pippa, Pippa«, sagte er, »du verblüffst mich immer wieder. Aber du hast recht. Moritz und ich haben heute noch die Begegnung mit einem etwas unangenehmen Zeitgenossen vor uns.«

»Deiner Verfassung nach zu urteilen, ist er sehr unangenehm«, sagte Pippa Cornelius. »Ich glaube, ich sollte eine Lavendelblüten-Vanille-Mischung zubereiten, um dich zu stärken.«

Sie verschwand wieder hinter dem Vorhang und Moritz begann, sein Eis zu essen. Er hatte noch nie so etwas Eigenartiges gekostet. Es war zwar süß und kalt, wie Eis sein musste, aber es schmeckte auch etwas scharf und der Geruch erinnerte ihn an Sommerferien. Je mehr er aß, desto wärmer wurde ihm und er spürte, wie die Furcht von ihm wich.

»Pippa ist wirklich eine Künstlerin«, sagte Herr Röslein und nahm seine eigene Eiswaffel entgegen.

»Danke, Leopold«, entgegnete Pippa lächelnd. »Moritz, fühlst du dich schon besser?«

Moritz nickte, den Mund voller Eis.

»Das ist gut«, sagte Pippa Cornelius, »ich hätte euch sonst nur ungern gehen lassen.«

Als Moritz mit seinem Eis fertig war, hatte er das Gefühl, noch nie so etwas Gutes gegessen zu haben. Er fühlte sich stark und zuversichtlich und in seinem Bauch schien eine goldene Sonne zu leuchten. Herr Röslein sah ebenfalls äußerst zufrieden aus.

»Wie lange bleibst du diesmal, Leopold?«, fragte Pippa Cornelius.

Moritz blickte Herrn Röslein erstaunt an. Er hatte nicht gewusst, dass Herr Röslein wegfahren wollte.

»Oh, nicht mehr besonders lange«, sagte Herr Röslein, »ich habe demnächst einen Auftrag in Kappadokien.«

»Nun, vielleicht schickst du ja zur Abwechslung mal eine Postkarte«, sagte Pippa.

»Du weißt doch, dass ich im Postkartenschreiben ganz schlecht bin«, sagte Herr Röslein.

»Ja, ich weiß«, sagte Pippa und seufzte. Dann sah sie auf eine große Uhr an ihrem Handgelenk und sagte: »Ich fürchte, ihr müsst los.«

Herr Röslein nickte. »Was schulden wir dir, Pippa?«, fragte er und zückte eine altmodische Geldbörse.

»Ich nehme doch kein Geld von dir«, sagte Pippa mit Empörung in der Stimme. »Du hast bei mir mehr Eiskugeln gut, als du in deinem ganzen Leben essen kannst.«

Zum Abschied küssten sich die beiden auf die Wange.

»Pass auf dich auf, Pippa«, sagte Herr Röslein.

»Du auch, Leopold«, antwortete Pippa Cornelius ernst. Dann reichte sie Moritz eine kleine silberne Karte, auf der ihre Adresse in leuchtendem Rosa eingestanzt war. »Du kannst mich gerne mal wieder besuchen kommen, Moritz«, sagte sie. »Auch ohne Herrn Röslein.«

»Mach ich«, sagte Moritz, obwohl er sicher war, dass er nicht allein in diese finstere Gegend fahren würde.

Als sie aus dem Laden kamen, schien es draußen noch dunkler geworden zu sein. Es war unheimlich still. Nur von Weitem hörte man eine Katze schreien.

»Warum durften Sie nicht bezahlen?«, fragte Moritz. Es schien eine Menge Menschen zu geben, die Herrn Röslein dankbar waren.

»Weißt du, bevor Pippa ihren Eisladen aufmachte, war sie Tänzerin an einem wichtigen Opernhaus. Sie war sehr begabt und hatte eine große Karriere vor sich. Aber natürlich gab es auch jede Menge Kolleginnen, die neidisch auf sie waren. Eine von ihnen spannte eines Tages während der Probe eine durchsichtige Schnur über die Bühne, sodass Pippa stürzte und sich den Knöchel brach.«

»Wie gemein von ihr«, sagte Moritz.

»Der Bruch war so kompliziert, dass sie nie mehr als Tänzerin arbeiten konnte. Pippa war verzweifelt. Ich habe ihr damals geholfen, wenigstens etwas Geld von der Oper zu bekommen. So konnte sie den Eisladen aufmachen. Und sie liebt ihre Arbeit.«

»Und die Kollegin?«

»Arbeitet heute als Kartenabreißerin«, sagte Herr Röslein knapp. »Ich denke, Timot wartet schon.«

Er nahm Moritz an der Hand. Seine schnellen Schritte hallten zwischen den engen Häusern. Hier und da war ein Fenster erleuchtet und Moritz schien es, als ob dunkle Schatten dahinter standen und sie beobachteten. »Hier wohnen eine Menge Menschen, die es im Leben schwer hatten«, sagte Herr Röslein etwas unvermittelt. »Darum hat Pippa den Laden hier aufgemacht. Sie verteilt ihr Eis wie eine Medizin.«

Moritz war erleichtert, als sie wieder auf der Hauptstraße ankamen. Wie Herr Röslein es vermutet hatte, stand Timot schon an der Ecke und wartete auf sie. Diesmal guckte er womöglich noch finsterer als zuvor.

»Wir haben schon zwei Minuten Verspätung«, blaffte er und fuhr dann so rasch an, dass Moritz um ein Haar hingefallen wäre.

Wieder verschwand die Stadt während der raschen Fahrt hinter den spiegelnden Busfenstern. Moritz nutzte die Gelegenheit, um Herrn Röslein nach seinem Auftrag in Kappadokien zu fragen. Kappadokien hörte sich nach großen Abenteuern und glänzenden Edelsteinen an. »Warum müssen Sie dorthin?«

»Ich bekomme die Details erst nach meiner Ankunft mitgeteilt«, sagte Herr Röslein. »Aber mir scheint, dass ich diesmal nicht sehr lange unterwegs sein werde.«

Das hoffte Moritz auch.

Der Bus wurde langsamer und an den vielen bunten Leuchtreklamen und den hell erleuchteten Straßen erkannte Moritz, dass sie in der Innenstadt waren. Als sie anhielten, stiegen sie direkt vor dem Gebäude aus, in dem sich Mamas Büro befand.

Moritz und Herr Röslein treffen den Wüterich

Moritz war bisher nur einmal hier gewesen. Er hatte Mama mit Papa und Tim zusammen zur Arbeit gebracht und erinnerte sich, dass sie ihm leidgetan hatte. Er fand, dass seine Mama nicht in dieses blau verspiegelte Gebäude an der lauten Straße passte. Und jetzt, wo er wieder vor dem Gebäude stand, merkte er, wie ihm kälter wurde und die goldene Wärme in seinem Bauch langsam zu verschwinden schien.

»Moritz, hier kann dir keiner was tun«, sagte Herr Röslein. »Es ist sehr wichtig, dass du das weißt. Und jetzt lass uns zu deiner Mama gehen.«

Sie gingen in die Vorhalle, die ganz aus grauem Stein zu bestehen schien. An einem runden Empfangstresen saß ein grimmig dreinschauender Pförtner. »Wo wollen Sie hin?«, fragte er ohne ein Lächeln und Moritz fühlte sich wie ein Einbrecher.

»Zu meiner Mama«, sagte er und der Pförtner äffte ihn nach: »Mama, Mama … Wie heißt denn die werte Frau Mama?«

»Sabine Freudenreich«, kam ihm Herr Röslein zuvor, und während Moritz sich noch fragte, warum dieser Mann so böse zu ihnen war, sah er aus dem Augenwinkel, wie Herr Röslein seinen silbernen Salzstreuer aus der Manteltasche zog und unauffällig etwas Pulver in Richtung des Pförtners verstreute.

Dann geschah etwas Verblüffendes. Der Pförtner stand einen Augenblick da und starrte in die Luft, als müsse er angestrengt über etwas nachdenken. Als er sich dann wieder an die Freunde wandte, traute Moritz seinen Augen nicht. Die heruntergezogenen Mundwinkel waren zu einem freundlichen Lächeln nach oben gezogen und die grimmigen Stirnfalten verschwunden.

»So, Junge, du willst also deine Mutter besuchen«, sagte er. »Na, da wird sie sich aber freuen.«

Noch immer lächelnd, holte er ein großes Buch aus einer Schublade und klappte es auf. »Freudenreich, Freudenreich … Aha, hier, 13. Stock, Zimmer 1306 b«, sagte er. »Darf ich Sie zum Fahrstuhl begleiten?«

Moritz und Herr Röslein stiegen in den rundum verspiegelten Fahrstuhl und der Pförtner drückte fürsorglich auf den Knopf mit der 13. »Gute Fahrt und einen schönen Tag«, sagte er und nahm die Mütze ab.

»Einen schönen Tag«, sagten Moritz und Herr Röslein und dann fuhren sie los.

»Was war das denn?«, fragte Moritz. »Der wurde ja plötzlich so nett.«

»Och, kleiner Trick, nichts Besonderes«, sagte Herr Röslein. »Aber es hält so lange vor, dass sich seine Frau heute Abend noch wundern wird.«

Im dreizehnten Stock klingelte es und der Fahrstuhl hielt an. Als sie ausstiegen, standen sie in einem langen Flur, der mit grauem Teppich ausgelegt war. Links und rechts gingen grau gestrichene Türen ab. Alle Türen waren geschlossen.

»Na, das ist ja eine fröhliche Umgebung«, sagte Herr Röslein.

Sie überlegten gerade, in welche Richtung sie gehen sollten, als eine der Türen aufging und eine kleine dünne Frau mit einer Kaffeetasse herauskam. »Wo wollen Sie hin?«, fragte sie mit schriller Stimme und kam näher.

»Guten Tag«, sagte Herr Röslein höflich und zog seinen Hut. »Wir suchen Frau Freudenreich.«

»Was wollen Sie denn von der?«, fragte die Frau.

»Ich bin ihr Sohn«, sagte Moritz.

Die Frau musterte ihn missbilligend. »Ich weiß zwar nicht genau, was du während der Arbeitszeit hier zu suchen hast, aber deine Mutter sitzt hier rechts herunter hinter der fünften Tür links.«

»Wir danken vielmals«, sagte Herr Röslein und zog wiederum seinen Hut. Dann wandten sie sich nach rechts. »Mir scheint, deine Mutter kann einem wirklich leidtun«, sagte Herr Röslein leise zu Moritz.

An der fünften Tür links hing kein Name, sondern nur die Nummer 1306 b. Sie klopften und warteten einen Moment, dann traten sie ein. Mama saß hinter einem riesigen Schreibtisch, der über und über mit Papieren bedeckt war. Sie lächelte ihnen zu, konnte aber nichts sagen, weil sie einen Telefonhörer in der Hand hielt. Aus dem Hörer brüllte es.

Auch Mamas Zimmer war ganz in Grau eingerichtet, an der Wand hingen Baupläne. Das einzig Bunte war ein Bild von Moritz, auf dem ein Haus und eine Blumenwiese zu sehen waren und das er ihr zum letzten Geburtstag geschenkt hatte. Mama horchte immer noch in den brüllenden Hörer hinein. Herr Röslein hatte unterdessen seinen Mantel abgelegt und nur den kleinen Salzstreuer herausgenommen und in die Hosentasche gesteckt. Jetzt legte Mama auf.

»Lassen Sie mich raten – das war Ihr Chef«, sagte Herr Röslein und lächelte Mama liebenswürdig an.

»Ja«, sagte sie. »Ich soll heute Überstunden machen, obwohl ich rechtzeitig gesagt habe, dass ich pünktlich gehen muss.«

Moritz fand, dass seine Mama sehr klein und sehr erschöpft aussah. »Hallo, mein Großer«, sagte sie und breitete ihre Arme aus.

Moritz lief zu ihr und bohrte seine Nase in ihren Hals, als plötzlich vom Flur her schwere Schritte näher kamen. Es hörte sich an, als sei jemand sehr Wütendes auf dem Weg zu ihnen.

»Was ist das?«, fragte Moritz und schaute seine Mama an. Doch sie kam nicht mehr dazu zu antworten. Die Tür wurde aufgerissen und vor ihnen stand der Wüterich.

»Was erlauben Sie sich?«, brüllte er. Moritz hatte Mamas Chef noch nie gesehen, aber er erkannte ihn sofort. Er war sehr groß und so dick, dass er kaum durch den Türrahmen passte. Neben ihm schien alles zu schrumpfen: Mama, Moritz, Herr Röslein – sogar das Zimmer schien kleiner zu werden, als er es betrat. Über seinen kahlen Kopf waren einige lange Haarsträhnen gekämmt und über den Bund seiner Hose wölbte sich ein mächtiger Bauch. Für einen Moment dachte Moritz, der Wüterich würde sich auf ihn stürzen, aber als er einige Schritte ins Zimmer gemacht hatte, blieb er abrupt stehen.

»Was ist hier los?«, schrie er. »Was tun diese Leute hier? Und warum treibt sich ein Kind in Ihrem Büro herum?«

Mama machte gerade den Mund auf, um zu antworten, als Herr Röslein einen Schritt auf Herrn Hüberich zuging und seinen Hut zog. »Leopold Röslein mein Name«, sagte er mit sanfter Stimme. »Und das hier ist Moritz Freudenreich, der Sohn von Frau Freudenreich.«

Der Wüterich sah aus, als müsse er vor Wut platzen. Sein mächtiger Schädel wurde dunkelrot. »Es interessiert mich nicht, wie Sie heißen«, brüllte er. »Sie haben hier nichts zu suchen.«

Moritz guckte zu Mama hoch, die mit bleichem Gesicht auf ihren Chef blickte. Der brüllte noch immer Herrn Röslein an. Herr Röslein holte langsam und vorsichtig den Salzstreuer aus seiner Hosentasche. Er drehte sich zu Mama und Moritz um und zwinkerte ihnen zu. Der Wüterich machte einen Schritt auf Herrn Röslein zu. Und dann erlosch das Licht.

Herr Hüberich
erlebt eine Überraschung

Mit einem Schlag hörte das Gebrüll auf. Moritz drückte sich an Mama. Durch das Fenster fiel das Licht der Stadt und beleuchtete eine eigenartige Szene. Der Wüterich stand stocksteif mitten im Zimmer, während Herr Röslein wieder und wieder den Salzstreuer in seine Richtung bewegte und dabei beschwörende Worte in einer Sprache murmelte, die Moritz nicht verstand. Mama starrte gebannt ins Zimmer, als könne sie nicht glauben, was sie sah. Sie hielt Moritz fest umklammert. Dann krachte es und der Wüterich fiel langsam auf die Knie.

Ebenso plötzlich, wie das Licht erloschen war, flammte es wieder auf. Der Wüterich kniete auf dem Boden und bewegte den Kopf langsam hin und her. Herr Röslein stand vor ihm und lächelte. Allmählich hörte der Wüterich auf, seinen Kopf zu bewegen. Er guckte zu Herrn Röslein hoch, als erwache er aus einem tiefen Traum.

»Darf ich Ihnen auf die Beine helfen?«, fragte Herr Röslein freundlich.

»Ja … ich … gerne«, sagte der Wüterich und richtete sich langsam auf. »Ich muss, ich bin … die viele Arbeit …«, stammelte er. »Entschuldigen Sie bitte, ich muss für ein paar Minuten eingeschlafen sein.«

»Kein Problem«, sagte Herr Röslein.

Der Wüterich streckte die Hand aus. »Ich habe mich noch gar nicht vorgestellt: Alfred Hüberich mein Name.«

Herr Röslein verbeugte sich.

Mama hatte ihren Griff um Moritz etwas gelockert, aber er wurde wieder fester, als Herr Hüberich auf ihren Schreibtisch zuging und nochmals die Hand ausstreckte.

»Du bist also Moritz«, sagte er. »Herzlich willkommen.«

Moritz ergriff die große dicke Hand und drückte ein wenig zu. »Guten Tag«, sagte er.

Herr Hüberich wandte sich jetzt seiner Mutter zu. »Frau Freudenreich, Sie sollten längst zu Hause sein«, sagte er fürsorglich. »Es ist schließlich Freitag.«

Moritz' Mutter starrte ihren Chef noch immer mit offenem Mund an. Dann sagte sie: »Wir wollten gerade gehen«, und fing an, ihre Tasche zu packen.

Herrn Hüberich schien alle Wut verlassen zu haben. Er stand da, mit hängenden Schultern, und schien nachzudenken, was er eigentlich hier sollte. Dann sagte er: »Allerdings würde ich gerne noch kurz etwas mit Ihnen besprechen.«

»Was denn?«, fragte Moritz' Mutter und ihre Stimme klang nervös.

Herr Hüberich verzog sein Gesicht zu einem Lächeln. Es sah aus, als habe er diese Muskeln seit Jahren nicht mehr benutzt. Entsprechend kläglich fiel das Ergebnis aus. Es war, als ob sein Gesicht in verschiedene Richtungen strebte, bis es sich schließlich in der Mitte wieder traf. »Ich glaube, wir sollten einmal über Ihren Aufgabenbereich sprechen«, sagte er.

Moritz wusste, dass Mama Einkaufszentren und Fabriken entwarf. An der Wand ihres Büros hingen Bauzeichnungen, auf denen die fertigen Gebäude zu sehen waren – eckige Kisten ohne Fenster. Eines Abends hatte Mama Moritz von ihrer Arbeit erzählt. Dass sie es langweilig fand, immer Fabriken zu bauen. Und wie sehr sie sich wünschte, einmal etwas anderes zu tun.

»Ich habe mir überlegt«, fuhr Herr Hüberich fort, »dass Sie genau die Richtige wären, um ein neues Projekt zu leiten. Wir werden in Zukunft Häuser für Familien mit Kindern bauen, unterschiedlich groß und an verschiedenen Stellen der Stadt. Dafür brauche ich jemanden mit Fantasie. Hätten Sie Lust?«

Moritz schaute zu Herrn Röslein hinüber, der an der gegenüberliegenden Wand lehnte und interessiert zuhörte. Mama hatte aufgehört, ihre Tasche zu packen.

»Ich dachte, wir bauen nur Fabriken«, sagte sie erstaunt, »weil sich das besser rechnet.«

»Das stimmt«, antwortete Herr Hüberich. »Aber deswegen können wir jetzt eine Weile mal Dinge bauen, die mehr Spaß machen.«

Jetzt mischte sich auch Herr Röslein in das Gespräch ein. »Ich finde, Sie sollten nicht zögern, Frau Freudenreich«, sagte er. »Mir scheint, dass Sie ein solches Angebot nicht alle Tage bekommen.« Er schien sich köstlich zu amüsieren.

»Natürlich würde ich Ihr Gehalt an die neue Aufgabe anpassen«, sagte Herr Hüberich schnell. »Mir ist klar, dass Sie damit mehr Verantwortung übernehmen.«

Mama schaute ihren Chef an, als sei er eine Erscheinung. Und in gewisser Weise war er das ja auch. »Ja, wenn das so ist …«, sagte Mama, »nehme ich das Angebot natürlich gerne an.«

»Allerdings sollten Sie vorher unbedingt Urlaub machen«, sagte Herr Hüberich. »Was halten Sie von Weihnachten?«

Moritz fixierte Herrn Röslein, der ganz offensichtlich ein Lachen unterdrückte. Mama schien sich entschlossen zu haben, die Gelegenheit beim Schopf zu packen, und sagte: »Gute Idee, dann brauchen wir unsere Skireise nicht abzusagen.« Moritz machte einen Luftsprung vor Freude.

Herr Hüberich verzog sein Gesicht wieder zu einem Lächeln, das diesmal schon etwas weniger gequält aussah, und strich Moritz über den Kopf. »Netter Junge, Frau Freudenreich«, sagte er. »Bringen Sie ihn ruhig mal wieder mit. Kinder beleben das Büro.« Damit wandte er sich ab, ging mit schweren Schritten zur Tür, wünschte: »Schönes Wochenende allseits«, und verschwand in den Flur.

Mama ließ sich auf ihren Stuhl fallen und starrte ihm hinterher. Dann wandte sie sich an Herrn Röslein. »Was war das?«, fragte sie ihn und ihre Stimme klang rau.

»Nun«, sagte Herr Röslein, »sieht ganz so aus, als habe sich Ihr Chef ganz plötzlich entschieden, ein netterer Mensch zu werden.«

»Mir scheint, als habe er diese Entscheidung nicht ganz freiwillig getroffen«, sagte Mama.

»Na ja«, sagte Herr Röslein, »manchmal muss man den Leuten ein wenig behilflich sein, ihre guten Seiten zu entwickeln.«

Mama schien Lust zu haben, diese Frage noch länger zu diskutieren, aber Moritz zog an ihrem Arm.

»Lass uns gehen«, sagte er, weil er insgeheim befürchtete, dass Herrn Hüberichs fabelhafte Veränderung womöglich bald vorbei sein könnte.

Doch als sie auf den langen Flur traten, erwies sich diese Befürchtung als unbegründet. Herr Hüberich stand mit einem kleinen Mann vor dem Aufzug und erläuterte ihm ganz offensichtlich, welche Umbaumaßnahmen er vornehmen wollte. »Sonnengelb … alles sonnengelb«, hörte Moritz im Vorbeigehen. »Und jeden Türrahmen in einer anderen Farbe.« Dann rief er ihnen zu: »Wir sind doch hier nicht im Gefängnis, was, Frau Freudenreich!«

Mama nickte und trat rasch in den Aufzug.

Moritz und Herr Röslein gingen hinterher. Die Fahrstuhltüren schlossen sich und Moritz drückte auf EG. Er sah Mama an. »Sonnengelb … alles sonnengelb«, sagte sie, mehr zu sich selbst. Ihre Mundwinkel zuckten. Und während sich der Fahrstuhl in Bewegung setzte, begann sie zu lachen. Erst leise, dann lauter, schließlich so laut, dass Herr Röslein und Moritz auch lachen mussten.

Als sie unten ankamen, wischte sich Mama die Tränen aus den Augenwinkeln. »Ich weiß nicht, was Sie da gemacht haben«, sagte Mama zu Herrn Röslein.»Aber ich wünschte, es würde noch eine Weile so weitergehen.«

»Oh, darauf können Sie sich verlassen. Ich fürchte fast, dass ich etwas zu viel des Guten getan habe«, sagte Herr Röslein.

Der Pförtner verabschiedete sich ausnehmend freundlich von ihnen und hielt ihnen die Tür auf. Der Wind hatte etwas nachgelassen, aber dafür regnete es jetzt leicht und Moritz wickelte seinen Schal schaudernd noch etwas enger um den Hals.

»Mein Auto steht um die Ecke«, sagte Mama.

»Ich muss mich leider verabschieden«, sagte Herr Röslein. »Es ist spät geworden und ich hatte versprochen, meinem Freund Alfons noch einen Besuch abzustatten.«

»Vielleicht können wir Sie noch ein Stück mitnehmen?«, bot Mama an.

»Sehr freundlich«, sagte Herr Röslein, »aber mein Bus wartet schon.«

Und tatsächlich – an der nächsten Ecke stand der silberblaue Bus mit Timot, der über seinem Lenkrad brütete.

»Dann wollen wir Sie nicht aufhalten«, sagte Mama und gab ihm die Hand. »Vielen Dank für alles.«

»Halten Sie mich auf dem Laufenden«, sagte Herr Röslein. »Wir sehen uns ja. Und Moritz – komm mich doch in der nächsten Woche mal besuchen, wenn du Lust hast.«

Moritz gab ihm die Hand. »Klar, ich komme gerne«, sagte er. »Und vielen Dank noch für das Eis und alles.«

»Gern geschehen«, sagte Herr Röslein.

Mama und Moritz schauten ihm hinterher, als er mit schnellen Schritten auf den Bus zulief. »Er ist schon ein bisschen unheimlich«, sagte Mama.

»Ach, das legt sich, wenn man ihn besser kennt«, sagte Moritz. Aber insgeheim war er doch ganz froh, dass der Nachmittag vorbei war. Am liebsten würde er jetzt eine dicke warme Pizza essen.

In diesem Moment fragte Mama: »Wollen wir zur Feier des Tages eine Pizza essen gehen?«

»Supergern!«, rief Moritz. »Ich habe gerade dran gedacht.«

Herr Röslein lädt
zum Kaffee ein

Am Samstag kamen Papa und Tim zurück. Moritz kniete auf dem Sofa und guckte aus dem Fenster, um ja nicht zu verpassen, wenn das Auto um die Ecke bog. Die Sonne war schon hinter den Wipfeln der Bäume verschwunden, als die beiden endlich vor dem Haus parkten. Moritz rannte die Treppe runter und schmiss sich in Papas Arme.

»Hallo, Großer, schön, dich zu sehen«, sagte Papa und zerzauste ihm die Haare. »Hat alles geklappt?«

Moritz nickte und steckte seinen Kopf ins Auto, wo Tim in seinem Kindersitz schlief. »Hallo, Tim!«, rief er. Tim öffnete seine kugelrunden Augen und fing an zu weinen, weil er noch müde war.

Als sie alles nach oben gebracht hatten und Tim sich wieder beruhigt hatte, kochten sie eine Gemüse-Lasagne mit sehr viel

Käse drauf. Moritz hatte Tim auf dem Schoß und spielte mit ihm so lange »Guck, da kommt die kleine Maus«, bis der vor Lachen einen Schluckauf bekam. Mama erzählte Papa von Herrn Hüberich.

»Und stell dir vor«, sagte sie, »da sagt er doch tatsächlich: ›Sonnengelb … alles sonnengelb …‹« Sie musste so lachen, dass sie nicht mehr weiteressen konnte.

»Erstaunlich«, sagte Papa. »Hört sich nach einer Art Gehirnwäsche an.«

Moritz erzählte von Stefan Rabentraut, der in den letzten Tagen ziemlich kleinlaut war. »Nachdem er aus der Mannschaft geflogen ist, hat sein Vater ihm verboten, sich weiter mit Martin Hohwieler zu treffen. Martin hat sich gleich jemand anderen gesucht. Und jetzt steht Stefan allein auf dem Schulhof rum und weiß nichts mit sich anzufangen«, sagte Moritz zufrieden. Dass er Stefan bei einer dieser Pausen hämisch »Na, Stefan, ganz alleine heute?« zugezischt hatte, verschwieg er wohlweislich.

In den nächsten Tagen hielt Moritz vergebens Ausschau nach Herrn Röslein. Die versprochene Einladung blieb aus und auch im Treppenhaus begegneten sie sich nicht. Dafür hatte Mama jetzt beim Nachhausekommen immer jede Menge lustiger Geschichten zu erzählen. Am Montag ließ Herr Hüberich den grauen Teppichboden im Büro durch knallrote Fliesen ersetzen. Am Dienstag kaufte er Pfannkuchen für alle Mitarbeiter ein und am Mittwoch verkündete er, dass künftig nie mehr länger als bis fünf Uhr nachmittags gearbeitet werden sollte, weil danach sowieso alle zu müde seien, um etwas Sinnvolles zu produzieren. Am Donnerstag kam Mama mit einem großen Blumenstrauß nach Hause, den Herr Hüberich ihr als Dank für die vielen Überstunden in den letzten Monaten mitgebracht hatte.

»Das muss ich unbedingt noch Herrn Röslein erzählen«, sagte Mama. Doch Herr Röslein war wie vom Erdboden verschluckt.

Am Freitag klingelte Moritz bei ihm, aber hinter der Tür blieb alles still. Allmählich begann er, sich Sorgen zu machen. Herr Röslein hatte nichts davon gesagt, dass er jetzt schon nach Kappadokien reisen wollte. Moritz schrieb einen Zettel und schob ihn unter der Tür durch.

Lieber Herr Röslein! Wir fahren am Wochenende meine Oma besuchen. Aber Sonntag kommen wir wieder. Ich hoffe, es geht Ihnen gut.
Viele Grüße, Ihr Moritz

Als sie Sonntagabend von ihrer Reise zurückkamen, brannte bei Herrn Röslein Licht.

»Hey, guckt mal!«, rief Moritz und wollte sofort klingeln.

Aber Papa bremste ihn. »Es ist schon spät und morgen reicht auch noch«, sagte er. »Herr Röslein wird sicher nicht wieder tagelang verschwunden sein.«

Diese Sorge war ohnehin unbegründet. Als sie nach oben kamen, lag ein himmelblauer Umschlag im Flur, der offensichtlich

unter der Tür hindurchgeschoben worden war. Darauf stand in Herrn Rösleins akkurater Schrift: *An Moritz.*

Moritz riss den Umschlag auf und zog den Brief heraus.

Lieber Moritz, ich war auch auf einer kleinen Reise. Aber jetzt bin ich wieder da und würde mich freuen, wenn Du am Dienstag zum Kaffee kommen könntest. So gegen halb vier, nach den Hausaufgaben.
Viele Grüße, Dein Leopold Röslein

Mama und Papa hatten nichts dagegen, dass Moritz Herrn Röslein besuchte. »Vielleicht sollten wir ihm mal eine schöne Flasche Wein schenken«, sagte Papa.

»Ich könnte sie am Dienstag gleich mitnehmen«, bot Moritz an.

Am Dienstagnachmittag stand er erwartungsvoll vor Herrn Rösleins Tür. Von innen war leise Harfenmusik zu hören. Er hatte die Hand noch nicht bis zur Klingel gehoben, als die Tür schwungvoll geöffnet wurde und Herr Röslein ihn begrüßte.

»Hallo, mein Junge – wie schön, dass wir uns wiedersehen. Komm rein, komm rein.« Herr Röslein trug eine purpurfarbene Samtjacke, die in der Taille gebunden war, und an den Füßen weiche bestickte Lederschuhe, die vorne spitz zuliefen. Moritz hielt ihm die Weinflasche entgegen.

»Von Mama und Papa mit einem schönen Gruß«, sagte er. »Und vielen Dank für die Sache mit dem Chef.«

»Oh, danke. Wie hat er sich denn so entwickelt?«, fragte Herr Röslein.

»Er ist viel netter geworden«, sagte Moritz. »Gestern hat er angekündigt, dass einmal im Monat Kindertag in der Firma sein soll, weil Kinder schließlich immer die besten Ideen hätten.«

Sie waren mittlerweile im Wohnzimmer angelangt.

»Und wo sie jetzt doch auch Häuser für Eltern und Kinder bauen …« Moritz brachte den Satz nicht zu Ende. Was er sah, verschlug ihm die Sprache.

Im Wohnzimmer lagen keine Flickenteppiche mehr, stattdessen war der gesamte Fußboden mit Sand bedeckt. Das grüne Samtsofa war verschwunden, ebenso der Esstisch. Der Raum war völlig leer bis auf ein großes Zelt. An der Stirnseite waren die Stofftüren so zurückgeschlagen, dass man hineinschauen konnte. Drinnen lagen bunte Teppiche und bestickte Kissen, ein flacher Holztisch war mit allerlei Silberschüsseln gedeckt und hie und da brannten dicke Kerzen in Windlichtern.

»Ich dachte, ich räume mal ein bisschen um«, sagte Herr Röslein zufrieden. »Ist doch ganz schön geworden, oder?«

Moritz nickte. »Aber wo sind Ihre Möbel?«

»Sozusagen untergestellt«, antwortete Herr Röslein ohne weitere Erklärungen und bat ihn mit einer Handbewegung ins Zelt. »Man sollte seine Umgebung einfach hin und wieder verändern.«

Das leuchtete Moritz ein, auch wenn er sonst niemanden kannte, der sein Wohnzimmer mal eben in eine Wüste verwandelte.

»Machen Sie das öfter?«, fragte er.

»Immer wenn ich Abwechslung brauche«, sagte Herr Röslein.

Moritz setzte sich auf die weichen Kissen und sah sich um. Das Zelt war innen mit grünen Blütenranken bestickt und mit einer Vielzahl bunter Wolldecken geschmückt; der flache Holztisch in der Mitte war über und über mit geschnitzten Rosen versehen. In einigen Silberschälchen glänzten zuckrige Süßigkeiten, in anderen lockten Datteln und Sesamkekse. Moritz schluckte.

»Bedien dich«, sagte Herr Röslein. »Ich habe sie für dich hingestellt.«

Herr Röslein setzte sich ebenfalls auf die Kissen, etwas mühsam, wie es Moritz schien. Als er seine langen Beine sortiert hatte, schwieg er. Moritz hatte den Mund voller Sesamkekse und schwieg ebenfalls. Herr Röslein schien etwas sagen zu wollen und nicht richtig zu wissen, wie er es anfangen sollte. Schließlich räusperte er sich. »Du wusstest ja schon eine Weile, dass ich nicht für immer hierbleiben kann«, sagte er vorsichtig und es klang wie eine Frage.

»Na ja«, antwortete Moritz kauend, »ich dachte, Sie müssten zwischendurch mal nach Kappadokien.«

»Das stimmt«, sagte Herr Röslein. »Aber es ist nicht die ganze Wahrheit.«

Er griff hinter sich und zog etwas hervor, das wie ein altes Buch aussah, ganz in goldenes Leder gebunden und an vielen Stellen etwas abgegriffen. Herr Röslein klappte es in der Mitte auf. Von seinem Kissen aus sah Moritz, dass die Seiten in drei Spalten aufgeteilt waren. Herr Röslein hatte diese Spalten in kleiner Schrift gefüllt; die Seiten waren so vollgeschrieben, dass das Weiß der Seiten kaum noch zu sehen war. Einige der Wörter konnte er entziffern. »Cicero« stand da und ein Wort, das so ähnlich aussah wie »Wüterich«. Moritz reckte seinen Kopf. Und tatsächlich, ganz unten auf der linken Seite stand deutlich zu lesen: »Moritz Freudenreich«.

»Was ist das?«, fragte Moritz.

»Das ist mein Auftragsbuch«, sagte Herr Röslein. »Hier stehen die Dinge drin, die ich zu erledigen habe, damit ich nicht den Überblick verliere.«

»Was für Aufträge sind das?«, fragte Moritz.

»Sagen wir mal, ich bin eine Art Problemlöser«, antwortete Herr Röslein.

»Was soll das sein?«, fragte Moritz.

»Ich helfe Leuten, die Hilfe brauchen.«

»Und wer gibt Ihnen die Aufträge?«, fragte Moritz.

»Das tut nichts zur Sache. Es ist nur einfach so, dass ich niemals allzu lange Zeit an einem Ort bleibe«, sagte Herr Röslein. »Ich bin eigentlich schon viel zu lange hier.«

Moritz sah ihn an. Herr Röslein sah bekümmert aus. »Ich hätte längst in Kappadokien sein müssen«, sagte er. »Aber du bist mir ans Herz gewachsen. Du und deine Familie.« Herr Röslein schwieg und betrachtete die Seiten seines Buches. »Es ist ein bisschen, als hätte ich selber plötzlich Enkelkinder«, sagte er. Aber so etwas ist für mich nicht vorgesehen.«

Moritz schwieg. Er merkte, wie ein Kloß in seinem Hals wuchs und dicker und dicker wurde, sodass er kaum noch Luft kriegte.

»Sie werden also abreisen?«, fragte er schließlich.

»Ja, morgen«, antwortete Herr Röslein betrübt.

»Und«, Moritz flüsterte die Worte fast, weil ihm das Sprechen plötzlich so schwer wurde, »kommen Sie irgendwann zurück?«

Herr Röslein blätterte in seinem Buch. »Ja, ich komme zurück«, sagte er. »Aber du wirst dich eine Weile gedulden müssen.«

Das Atmen wurde Moritz wieder etwas leichter. Herr Röslein würde nicht für immer wegfahren. »Wann kommen Sie wieder?«, fragte er.

»Das kann ich noch nicht sagen«, antwortete Herr Röslein.

»Werden Sie mir mal schreiben?«, fragte Moritz hoffnungsvoll.

»Ach, du hast doch gehört, was ich zu Pippa gesagt habe«, antwortete Herr Röslein. »Ich bin schlecht im Postkartenschreiben. Aber ich werde öfter an dich denken und vielleicht träumst du dann von mir.«

»Mir wäre lieber, Sie wären da«, sagte Moritz. Er sank noch etwas tiefer in das weiche Kissen hinter seinem Rücken. »Haben Sie schon viele Reisen gemacht?«

»Ziemlich viele«, antwortete Herr Röslein. »Und jedes Mal habe ich das Gefühl, in eine ganz unbekannte Welt zu kommen. Aber nach einer Weile merkt man, dass die Menschen gar nicht so verschieden sind, wie man meinen könnte. Es gibt überall nette Menschen. Und weniger nette.«

Herr Röslein erzählte ihm von den Berbern und ihren prachtvollen Zelten, in denen er in der Wüste gewohnt hatte. »Und stell dir vor«, sagte er, »jedes Zelt spielte eine andere Melodie, wenn man es betrat. In den Kinderzelten waren es leise Schlummerlieder und im Zelt des Stammesführers spielte ein ganzes Symphonieorchester.«

Jetzt fiel Moritz auf, dass noch immer Harfenmusik erklang. »Wem gehörte dieses Zelt?«, fragte er.

»Es gehörte dem schönsten Mädchen im Dorf und sie hat es mir aus Dankbarkeit geschenkt, weil ich verhindert habe, dass sie einen hässlichen alten Mann heiraten musste.«

»Woher kennen Sie eigentlich Herrn Meyerbeer so gut, wenn Sie immer wieder weggehen?«, fragte Moritz.

»Oh, Alfons hat eine Zeit lang mit mir zusammengearbeitet«, sagte Herr Röslein. »Und bei einem Auftrag in Tasmanien hatte er einen schweren geistigen Unfall.«

»Einen geistigen Unfall?«

»Ja, er verlor ganz plötzlich seine Kräfte. Vielleicht erzähle ich dir die Geschichte irgendwann einmal. Jedenfalls hat er sich dann zur Ruhe gesetzt, aber wir sind natürlich immer noch befreundet.«

Schließlich war es Abend geworden. »Ich muss wohl langsam gehen«, sagte Moritz. Im Flur schüttelte Herr Röslein ihm lange die Hand. »Grüß deine Eltern«, sagte er, »und habt einen schönen Skiurlaub.« Moritz nickte. »Ich habe noch ein Geschenk für dich«, sagte Herr Röslein. Er griff in seine Tasche und holte etwas Kleines, Glänzendes hervor. »Ich schenke dir das Kleinwildfernrohr«, sagte er. »Wenn du Glück hast, kannst du hin und wieder etwas Interessantes damit entdecken.«

»Das ist cool«, sagte Moritz und drehte das Fernrohr behutsam in den Händen. »Viel Glück auf Ihrer Reise. Und … und auf Wiedersehen.«

An der Tür drehte er sich noch einmal um. Herr Röslein hatte die Hände in die Taschen gesteckt und sah ihm lächelnd hinterher. Ehe Moritz es sich versah, war er auf Herrn Röslein zugelaufen und hatte beide Arme um ihn geschlungen. Die Samtjacke roch nach Zimt und Blüten. Herr Röslein umarmte ihn ebenfalls und schob ihn dann behutsam fort.

»Geh jetzt, mein Junge. Deine Eltern warten schon.«

Als Moritz die Treppe hinauflief, betrachtete er das Fernrohr. Es fühlte sich glatt und warm in seiner Hand an und glitzerte golden. Er hatte das deutliche Gefühl, dass es ihm eine Menge Entdeckungen bescheren würde.

Oben warteten Mama, Papa und Tim schon. Auf dem Tisch standen Teller und Gläser, Papa trug gerade das Brot aus der Küche herein.

»Guckt mal, was ich geschenkt bekommen habe«, sagte Moritz und zeigte das Fernrohr. Wenn er hindurchsah, wurden Papas Augen riesig.

»Großartig«, sagte Papa. »Das können wir morgen gleich mal im Wald ausprobieren. Wie geht es Herrn Röslein?«

»Gut«, sagte Moritz. »Aber er fährt für längere Zeit weg.«

Dann schwieg er. Seine Augen wurden erst heiß und dann feucht.

»Bist du traurig?«, fragte Mama. Moritz nickte. Mama nahm ihn in den Arm und ihre Wuschelhaare kitzelten ihn in der Nase. Tim patschte ihm mit seiner dicken Hand auf den Rücken. Moritz atmete tief durch und drehte sich zu seinem kleinen Bruder um.

»Er fährt weg, aber er kommt ja wieder«, sagte er dann. »Ganz bestimmt kommt er wieder.«

Silke Lambeck ist in Berlin aufgewachsen, wollte als Kind Stewardess werden, weil sie die PanAm-Uniformen so schön fand, hat dann aber lieber Germanistik und Theaterwissenschaften studiert und wurde schließlich Journalistin. Für ihre journalistische Arbeit erhielt sie den renommierten Theodor-Wolff-Preis.

Seit mehr als zehn Jahren schreibt sie außerdem Bücher für Kinder und Erwachsene, für die sie mehrfach ausgezeichnet wurde, u. a. mit dem *Prix Chronos* und dem *Hansjörg-Martin-Preis*. Bei Gerstenberg sind *Mein Freund Otto, das wilde Leben und ich* und *Mein Freund Otto, das große Geheimnis und ich* erschienen. *Mein Freund Otto, das wilde Leben und ich* wurde für den *Deutschen Jugendliteraturpreis* und den *Zürcher Kinderbuchpreis* nominiert und mit dem *Leipziger Lesekompass* ausgezeichnet.

Silke Lambeck lebt mit ihrer Familie in Berlin, das immer noch ihre Lieblingsstadt ist.

Karsten Teich wurde 1967 in Hannoversch Münden geboren. Nach seinem Kunststudium an der Hochschule der Künste in Kassel hat er für diverse Zeitschriften und Tageszeitungen gearbeitet und schreibt und gestaltet seit 2001 sehr erfolgreich Kinderbücher. Er lebt mit seiner Familie in Berlin.

1. Auflage 2020
Copyright der überarbeiteten Neuausgabe © 2020 Gerstenberg Verlag, Hildesheim
Die Erstausgabe erschien 2007 im Berlin Verlag, Bloomsbury Kinder- & Jugendbücher
Alle Rechte vorbehalten
Umschlag- und Innenillustrationen: Karsten Teich
Druck und Bindung: Druckerei Beltz, Bad Langensalza
Printed in Germany
www.gerstenberg-verlag.de
ISBN 978-3-8369-6047-2

MIX
Papier aus verantwortungsvollen Quellen
FSC
www.fsc.org
FSC® C089473